Akte X Novels
Die unheimlichen Fälle des FBI ™

Unsere kleine Stadt

Eric Elfman

AKTE X
DIE UNHEIMLICHEN FÄLLE DES FBI

Unsere kleine Stadt

Roman

auf Basis der gleichnamigen Fernsehserie
von Chris Carter, nach einem Drehbuch
von Frank Spotnitz

Aus dem Amerikanischen von
Frauke Meier

vgs

Erstveröffentlichung bei:
HarperTrophy – A Division of HarperCollins Publishers, New York
Titel der amerikanischen Originalausgabe:
The X-Files – Our Town

Die Deutsche Bibliothek – CIP-Einheitsaufnahme
Akte-X-Novels – die unheimlichen Fälle des FBI. – Köln : vgs
Bd. 4. Unsere kleine Stadt: Roman/Eric Elfman. Aus dem Amerikan. von
Frauke Meier. – 1. Aufl. – 1997
ISBN 3-8025-2497-7

3. Auflage 1997

Coverdesign: Steve Scott
Umschlaggestaltung der deutschen Ausgabe:
Papen Werbeagentur, Köln

Satz: ICS Communikations-Service GmbH, Bergisch Gladbach
Druck: Clausen & Bosse
Printed in Germany
ISBN 3-8025-2497-7

1

Die Dunkelheit ist eine merkwürdige Sache.

Manchmal kann sie gemütlich sein. Wie die Dunkelheit unter der kuscheligen Decke, die man sich in Kindertagen über den Kopf gezogen hat, um sich vor Geistern und Vampiren zu verstecken – all jenen Dämonen, von denen man glaubte, sie würden in den nächtlichen Schatten des Zimmers lauern.

Manchmal kann sie beängstigend sein. Wie die Dunkelheit im Keller des alten Hauses, in dem man einmal gelebt hat. Die Dunkelheit, in der man gefangen war, wenn alle Lichter ausgingen und einen das ungute Gefühl beschlich, man würde nie wieder ans Tageslicht zurückkehren können.

Manchmal kann sie einsam sein. Wie die Dunkelheit, die einen auf den einsamen Straßen außerhalb der Stadt umgeben kann, während man in einem geparkten Wagen sitzt, auf die Morgendämmerung wartet und sich fragt, wie das Leben nur so verkehrt laufen konnte.

George Kearns hockte in seinem Auto, das am Stadtrand von Dudley, Arkansas, an einer verlassenen Straße stand. Die pechschwarze Nacht paßte hervorragend zu den düsteren Gedanken und Gefühlen, mit denen er sein Leben Revue passieren ließ.

Wie hatte es nur so weit kommen können?

Er war ein ehrbarer Mann, und fast fünfzig Jahre lang hatte er auch ein ehrbares Leben geführt.

Doch nun würde er seine Arbeit verlieren, das spürte er mit jeder Faser. George war gut in seinem Job. Seine Kompetenz als staatlicher Geflügelinspektor auf der Hühnerfarm stand außer Frage, doch leider war die Qualitätskontrolle eine undankbare Aufgabe, die einem viele Feinde schuf.

Die Leute, deren Leistung er überprüfte, verübelten ihm seinen kritischen Blick – was mehr als verständlich war. Schließlich gingen sie nur ihrer Arbeit nach und verrichteten sie, so gut sie konnten. *Aber*, so dachte Georg mit gerunzelter Stirn, *warum wollten sie dann nicht akzeptieren, daß auch er nur seinen Job tat!*

Viel gravierender war allerdings, daß Walt Chaco, der Eigentümer der Hühnerfarm, ihn ebenfalls loswerden wollte. Das konnte George fühlen, wann immer der alte Mann ihm begegnete, jedesmal, wenn sie miteinander sprachen. Der kraftvolle grauhaarige Alte pflegte ihn dann von Kopf bis Fuß zu mustern, und George wußte, daß es nun an ihm war, taxiert und einer Qualitätskontrolle unterzogen zu werden. George war sich sicher, daß Chaco genügend Mängel feststellte.

Und nun fielen ihm auch noch seine eigenen Bosse in Washington in den Rücken. Man sollte glauben, er hätte ein Lob verdient für seine hervorragende Arbeit zum Schutz der Konsumenten. Aber nein. Sie würden ihn von seinem Posten absetzen, davon war er überzeugt. George wußte, wie diese Dinge liefen: man verständigte sich, traf Vereinbarungen. Und bestimmt tuschelten schon die Leute von Dudley darüber . . .

Die Stadt hatte ihn nie akzeptiert. Seit er mit seiner

Frau vor sechs Monaten nach Dudley gezogen war, hatten ihn die Einheimischen beobachtet und ihm übel nachgeredet. George wußte, daß er sich das nicht einbildete, obwohl er nicht genau sagen konnte, was die Blicke seiner Nachbarn tatsächlich zu bedeuten hatten. Er hatte schon in vielen Städten gelebt. In manchen war er freundlich aufgenommen worden, in anderen nicht, doch so etwas wie in Dudley hatte er noch nie erlebt. Er war ein Außenseiter, und das ließen sie ihn jeden Tag aufs Neue spüren.

Seiner Frau waren diese Probleme fremd. Doris hatte sich sofort eingelebt. Es war . . . ja, es war geradezu unheimlich, wie gut sie in diese Stadt paßte, so gut, als wäre sie hier geboren und aufgewachsen.

Doris . . .

George konzentrierte seine Gedanken auf seine Frau. In den vergangenen Monaten hatten sie sich auseinandergelebt. Ganz plötzlich schien sie es kaum noch ertragen zu können, ihn auch nur anzusehen, und wenn er sie berührte, fühlte er, wie sie unter seinen Händen versteinerte. George grübelte, seit wann die Dinge zwischen ihnen schon so liefen und wie es überhaupt dazu gekommen war.

Auf einmal registrierte er die Feuchtigkeit auf seinen Wangen, zwischen seinen Lidern, und zwinkerte voller Verwunderung. Er hatte nicht bemerkt, daß er geweint hatte, und bis zu diesem Augenblick hatte er auch nicht gewußt, wie viel ihm Doris bedeutete.

Die Erkenntnis, daß es nicht einfach sein würde, ihre Liebe zurückzugewinnen und sie glücklich zu machen, gab ihm unerwarteten Schwung. Er mußte seinen Job retten, und er mußte sich einen Platz unter den Bürgern dieser Stadt erobern. Wenn er den Menschen hier eine Chance gab und sich nett und verträglich zeigte, dann würden sie ihn auch mögen, dessen war er sich sicher.

George sah zu den Sternen auf, die fahlen, verwaschenen Punkten gleich am Nachthimmel prangten, und sagte sich, daß es in seiner Hand lag, die Dinge zu ändern. Noch war es nicht zu spät. Noch hatte er alle Möglichkeiten.

Mit diesem beruhigenden Gedanken und einem zufriedenen Lächeln auf den Lippen drehte er den Zündschlüssel um. Röhrend startete der Motor. Er schaltete die Scheinwerfer an, die die Landschaft vor ihm in kaltes Halogenlicht tauchten. Ein alter Schlager kam ihm in den Sinn, und während er leise vor sich hinsummte, lenkte er den Wagen auf die Straße und fuhr nach Dudley zurück. Zurück in die Stadt.

Zurück in sein Leben.

George war nur ein paar Meilen weit gekommen, als er den Wagen am Straßenrand entdeckte. Auf der verlassenen Landstraße wirkte das Zucken seiner Warnblinkleuchten verloren, und das bernsteinfarbene Licht erinnerte ihn an die Augen einer riesigen Katze, die schlaftrunken blinzelte.

Er lächelte unwillkürlich, als er den Fuß vom Gaspedal nahm. Dies war seine erste Chance, seinen Mitbürgern zu zeigen, daß er ein guter Kerl war. Er würde anhalten und dem armen Teufel da eine Freifahrt zurück in die Stadt spendieren.

Als er näherkam, öffnete sich die Tür des Wagens,

und die Innenraumbeleuchtung riß die Silhouette einer jungen Frau aus der Dunkelheit. Sie stieg aus und winkte ihm lebhaft zu.

Auf einer Höhe mit dem Wagen am Straßenrand erkannte er die Frau.

Es war Paula Gray, Chacos Enkelin.

Besser kann es gar nicht kommen, dachte George. Das war genau das, was er jetzt brauchte.

Er hielt neben ihr und kurbelte die Seitenscheibe herunter.

„Guten Abend, Miss Gray“, begrüßte er sie respektvoll. Sicher würde sie ihrem Großvater von seiner Hilfsbereitschaft berichten. Das war zwar nicht viel, aber es war ein Anfang im Kampf um die Gunst des alten Mannes. „Ärger mit dem Wagen?“ fragte er, doch noch während die Worte über seine Lippen kamen, zuckte er angesichts der Unsinnigkeit seiner Feststellung unmerklich zusammen.

„Hi, Mister Kearns“, sagte Paula lächelnd und ganz offensichtlich erfreut, ihn zu sehen. Seine überflüssige Äußerung schien ihr gar nicht aufgefallen zu sein. „Ja, genau das ist mein Problem.“

George setzte eine betroffene Miene auf. „Ich könnte ja einen Blick unter die Motorhaube werfen . . .“ Mit einem verlegenen Grinsen unterbrach er sich. „Ich kann nur leider den Vergaser nicht von der Batterie unterscheiden. Wie wäre es, wenn ich Sie in die Stadt mitnehme?“

Paula lachte leise und nickte. „Prima.“

George beugte sich auf die Beifahrerseite hinüber, entriegelte das Schloß und schubste die Tür auf. Mit einer geschmeidigen Bewegung ließ sich die junge

Frau auf den Sitz gleiten. „Ich weiß Ihre Hilfe wirklich zu schätzen ... Ich wollte schon die Hoffnung aufgeben und mich zu Fuß auf den Weg machen."

„Um so mehr freue ich mich, daß ich noch rechtzeitig vorbeigekommen bin."

„Ich auch", zwitscherte sie, während sie es sich auf dem Beifahrersitz bequem machte.

Einige Minuten fuhren sie schweigend in Richtung Stadt. George spielte in Gedanken seine nächsten Schritte durch und überlegte krampfhaft, wie er diesen winzigen Akt der Ritterlichkeit zu einer Sprosse auf der Karriereleiter machen konnte. Paula starrte durch die Windschutzscheibe hinaus und schien vollkommen in Gedanken versunken zu sein, bis sie sich plötzlich vorbeugte.

„Oh, Mister Kearns, bitte halten Sie an."

„Was ist?" fragte George erschrocken. „Stimmt etwas nicht?"

„Hier!" Sie zeigte auf den Straßenrand. „Halten Sie genau hier an."

Verwirrt lenkte George den Wagen an die Seite und stoppte. Das Fernlicht schnitt einen gigantischen Baumstumpf aus der Dunkelheit, der seinen Wagen deutlich überragte. Sie befanden sich in dem schmalen Waldstreifen, der die Wohngegenden der Stadt von den Außenbezirken trennte.

Warum wollte sie, daß er hier anhielt?

„Was ist denn, Miss Gray?"

„In diesem Wald gibt es etwas, das ich ihnen unbedingt zeigen muß", antwortete sie und schenkte ihm das bezauberndste Lächeln, das er je gesehen hatte.

Sie lehnte sich zu ihm herüber und blickte ihm direkt in die Augen. „Sie werden es nicht bereuen."

Guter Gott, dachte George. *Was hat sie bloß vor?*

George betrachtete Paula Gray genauer. Seiner Schätzung nach mußte sie knapp zwanzig sein. Ihr glänzendes, kastanienbraunes Haar fiel ihr über die Schultern, und ihr Gesicht war rein und ebenmäßig. Sie war eine schöne junge Frau. Vielleicht, wenn er nur halb so alt wäre . . . oder nicht verheiratet . . .

Doris! Was waren das nur für Gedanken? War er tatsächlich schon so nah dran, seine Frau zu betrügen, wenn auch nur in Gedanken? Er fühlte den Druck der Schuld auf seiner Brust, als er den Kopf schüttelte. „Miss Gray", protestierte er stockend. „Ich . . . ich liebe meine Frau."

Paula Gray zögerte und sah ihn mit so traurigen Augen an, daß es ihm die Sprache verschlug. Dann hatte sie ihre Fassung zurückgewonnen und lächelte erneut berückend. „Natürlich tun Sie das", gurrte sie. „Aber Mister Kearns, was dachten Sie denn, was ich mit Ihnen vorhätte?"

„Ich . . ." begann George, doch seine Kehle war wie zugeschnürt, und das Sprechen fiel ihm schwer. „Ich wollte nur nicht . . ."

Paula unterbrach ihn. „Nun kommen Sie nicht auf dumme Gedanken!" Mit sanftem Druck legte sie ihm ihre zierliche Hand auf den Arm. „Aber es gibt etwas in dem Wald da, das müssen Sie einfach sehen."

George öffnete den Mund, um erneut und dieses Mal energischer zu protestieren, doch er bekam keinen Ton heraus. Der Druck auf seinem Brustkorb lähmte ihn, preßte die Luft aus seinen Lungen . . . Es war ein Gefühl, das er nun plötzlich und voller Hoffnungslosigkeit erkannte.

Ein neuer Anfall.

George konnte nichts tun. Die Bewegungslosigkeit verdammte ihn zum Zusehen. Hilflos hing er auf seinem Sitz, als Paula die Beifahrertür öffnete und ausstieg.

„Kommen Sie?“ kicherte sie und verschwand in der Dunkelheit.

Nicht jetzt, betete George. Dies war wirklich der verkehrteste Zeitpunkt für einen weiteren Anfall, doch George wußte genau, was nun geschehen würde. Und schon krümmte sich sein Körper unter rasenden Schmerzen, als sich ein kaltes grimmiges Feuer vom Scheitel bis zur Sohle durch seinen Leib fraß. Er schrie auf, doch nur ein gurgelnder, kaum hörbarer Laut entfuhr seiner Kehle. Auf seinem verzerrten Gesicht kündete kalter Schweiß von der Qual, die der Schock in seinen Körper senkte – und von der Angst, der Todesangst, die schlimmer als alle Schmerzen war. *Werde ich dieses Mal sterben? Oh bitte, laß mich nicht sterben! Bitte . . .*

George biß die Zähne zusammen. Mit äußerster Willensanstrengung gelang es ihm, in seine Jackentasche zu langen und ein kleines Glasröhrchen herauszufischen.

Allmählich ließen die Schmerzen nach, doch George wußte, daß der Anfall noch nicht vorüber war. Hastig zog er die Verschlußkappe von dem Röhrchen und schüttelte sich zwei Tabletten in seine zitternde Hand.

Bebend führte er die Hand zum offenen Mund.

Wasser wäre jetzt nicht schlecht, dachte er und verzog das Gesicht, als er die bitteren Tabletten zu Brei zerkaute. Doktor Randolph, der Betriebsarzt, hatte ihm das Medikament verschrieben, da er der Ansicht war, daß die Anfälle durch Streß ausgelöst wurden.

George fühlte, daß der Anfall zu Ende ging. Tief durchatmend öffnete er die Tür und taumelte aus dem Wagen. Angestrengt starrte er in die Richtung, in der Paula Gray verschwunden war, doch außer Bäumen und pechschwarzer Nacht konnte er nichts erkennen.

„Paula!“ rief er heiser. „Paula! Wo sind Sie?“

„Hier drüben, George! Kommen Sie schon. Es ist unglaublich!“

Am Klang ihrer Stimme erkannte er, daß sie tief in den Wald hineingelaufen sein mußte. Für einen Moment überdachte er seine begrenzten Möglichkeiten.

Er konnte einfach davonfahren und sie im Wald alleine lassen. Ein verlockender Gedanke, doch das wäre das Ende seiner Karriere. Ebensogut könnte er gleich nach Hause fahren, seine Sachen packen und aus der Stadt verschwinden.

Er konnte am Wagen warten, bis sie sich endlich langweilen und zurückkommen würde. Ein solches Verhalten könnte er sich leisten, doch George wußte, daß es nicht funktionieren würde. Sie war jung und voller Energie. Womöglich blieb sie die ganze Nacht im Wald.

Verdrossen kam George zu dem Schluß, daß er keine andere Wahl hatte. Er mußte ihr folgen und sich dieses faszinierende Etwas ansehen, beeindruckt tun, sie wieder zum Wagen zurückbringen und so schnell wie möglich von hier verschwinden.

Stirnrunzelnd machte er sich auf den Weg in den Wald, wobei er den grimmigen Entschluß faßte, nie wieder bei einem liegengebliebenen Wagen anzuhalten und seine Hilfe anzubieten.

„In Ordnung, Paula!“ rief er. „Ich komme! Welche Richtung?“

„Hier drüben, George! Beeilen Sie sich! Sie wollen das doch nicht verpassen!“

Ihre Stimme drang verschwommen durch die Bäume, und während er ihr folgte, verfiel er trotz seiner weichen Knie allmählich in einen Laufschritt. Übergewichtig und alles andere als fit lief ihm der Schweiß bald in kleinen Bächen von den Schläfen. Sein keuchender Atem kondensierte in der nächtlichen Kälte und bildete eine Spur aus Dunst, die wie ein helles Fähnchen hinter ihm in der Luft hing.

„Komm schon, George . . .“

George kämpfte sich durch niedriges Buschwerk und Brombeersträucher einen kleinen Hügel hinauf. Die Dunkelheit des Waldes war fast undurchdringlich, und er hielt stets eine Hand ausgestreckt, um sein Gesicht vor krallenden Zweigen zu schützen.

„Paula“, brüllte er klagend, als er auf eine kleine Lichtung gelangte. „Wo sind Sie? Ich bin zu alt für solche . . . uff!“ Er hatte ‚Spielchen‘ sagen wollen, doch er war über eine große Wurzel gestolpert und mit der Nase zuerst auf dem Boden gelandet.

Für einen Augenblick blieb er um Atem ringend liegen, die Hände zu Fäusten geballt. Klumpen feuchter Erde quollen zwischen seinen Fingern hervor. Er schüttelte sie ab und stützte sich langsam und unsicher in die Hocke hoch.

Nur wenige Zentimeter vor sich erblickte er einen Schwarm Glühwürmchen. Er blinzelte einige Male und sah noch einmal hin. Nein, sie waren nicht nur ein paar Zentimeter entfernt, sie waren am anderen Ende der Lichtung.

Und es waren keine Glühwürmchen.

Es waren auf und ab hüpfende Lichter. Dutzende.

Sie kamen auf ihn zu.

Auf Georges Gesicht lag ein Ausdruck unendlicher Verwunderung. Taumelnd erhob er sich. Er wußte nicht, was das für Lichter waren, und er wollte es auch nicht wissen. Er wußte nicht, wo Paula war, doch zu diesem Zeitpunkt war ihm das gleichgültig. Er wollte nur noch so schnell wie möglich nach Hause.

Hinter ihm raschelte es, und er fuhr herum.

Ein riesiges Gesicht starrte ihm entgegen.

Ein verwaschener, feuerroter Rand umgab den Kopf, und die Wangen waren mit aggressiven gelben Streifen verziert. Die Umrisse der Augen und Lippen dieses abscheulichen Wesens waren in einem strahlenden Weiß nachgezogen, das in der Dunkelheit zu leuchten schien.

George, der zu verängstigt war, um einen Ton herauszubringen, trat unwillkürlich einen Schritt zurück.

Dann sah er die Axt.

Die Kreatur hob die Waffe, und endlich gelang es George zu schreien. Sein schriller Schrei der Todesangst vermischte sich mit dem Röhren des Monsters, das blitzschnell einen Satz nach vorne machte.

Und nur George verstummte, als sich die Axt in seine Kehle grub, als alle Lichter erloschen und seine Welt in einer anderen Dunkelheit versank.

2

Dana Scully wartete, lauschte. Dieses Geräusch, waren das Schritte?

Nein.

Nichts.

Vorsichtig schob sie sich durch den unbeleuchteten Gang, während sie die Pistole schußbereit vor sich hielt. Sie fragte sich, wo Mulder war und in welche Lage er sie dieses Mal wieder gebracht hatte.

Durch eine offene Tür fiel etwas Licht in den finsteren Gang. Sie schlich näher heran und spähte vorsichtig in den Raum hinein.

Dann sah sie ihn. Auf einem Untersuchungstisch. Mulder.

Zwei kleine graue Gestalten, kahlköpfig und mit dürren Ärmchen, beugten sich über ihn. Eine von ihnen hielt eine Nadel in der Hand und schickte sich an, sie in Mulders Nase einzuführen.

Mulder blinzelte und sah Scully direkt in die Augen. Er schien nur Zentimeter von ihr entfernt zu sein.

„Dana!“ schrie er.

Die Tür fiel krachend ins Schloß. Mulders Namen brüllend hieb Scully gegen das Türblatt, doch es bewegte sich nicht.

Sie trat zurück, um auf die Metalltür zu schießen. Kein besonders kluger Einfall, das wußte sie, doch es war ihr egal. Dann . . . gab der Boden unter ihren Füßen nach.

Sie stürzte in einen schwarzen Abgrund. Sie stürzte und stürzte – sie hatte das Gefühl, durch das Weltall zu fallen, während die Pistole ihren Fingern entglitt.

Sie ahnte, daß die Waffe direkt neben ihr war, gemeinsam mit ihr in die Tiefe rauschte, aber in dieser absoluten Finsternis konnte sie nicht die geringste Lichtreflexion auf ihrem metallischen Lauf ausmachen. Während sie weiter und immer weiter fiel, tastete sie nach der Waffe, doch sie konnte sie nicht finden . . .

Plötzlich hörte sie sie. Da war ein hohles metallisches Klicken. Sie dachte, die Waffe würde an die Schachtwand geraten sein und streckte ihre Hände in die Richtung aus, aus der das Geräusch gekommen war. Ihre Finger schlossen sich um einen kleinen Kunststoffgegenstand –

– und Scully öffnete die Augen. Ihre Hände hielten den Wecker fest umklammert. Es war Morgen. Sie lag in ihrem Bett. Der Sonnenschein, der durch das Fenster hereinfiel, zeichnete ein verzerrtes Rechteck aus Licht halb auf den Boden und halb auf ihre Bettdecke. Zeit, zur Arbeit zu gehen.

Sie schaltete den Alarm aus, setzte sich auf und sagte sich zum wiederholten Male, daß sie Urlaub brauchte.

Scully parkte ihren Wagen unter dem J. Edgar Hoover Building, der Zentrale des FBI.

Sie schlüpfte in den Aufzug und lächelte der neuen Mitarbeiterin in der Kabine freundlich zu, einer jungen Frau, die Scully gerade am Vortag kennengelernt hatte. Gestern noch hatten sie sich angeregt unterhalten, doch heute wandte die Neue schnell den Blick ab und fixierte demonstrativ die Reihe der leuchtenden Stockwerksnummern.

Die Tür schloß sich und Scullys Lächeln verblaßte. *Das wird sich wieder legen*, dachte sie grimmig, wobei sie sich fragte, welchem ihrer Kollegen wohl die Ehre zuteil geworden war, der jungen Frau als erster zu erzählen, daß Scully... nun, anders war. Sonderbar. Daß die Fälle, die sie untersuchte, nicht normal waren. Oder vielleicht, daß sie in einer fliegenden Untertasse gewesen war? Daß sie ihren Urlaub am Loch Ness verbrachte? Daß sie mit Bigfoot ausgegangen war?

Dann hielt der Aufzug im Untergeschoß, und Scully betrat den Korridor. Als sich die Lifttür mit einem leisen Schmatzen wieder schloß, hörte sie das erleichterte Seufzen der jungen Frau. Der Tag fing ja gut an.

Energischen Schritts ging sie den Flur hinunter, erreichte schnell die Tür zu ihrem Büro und betrat den L-förmigen Raum.

Ihr Partner studierte mit offensichtlichem Interesse den Inhalt eines Aktenordners, der aufgeschlagen auf seinem Schreibtisch lag.

„Schön, daß Sie es geschafft haben", sagte Fox Mulder, ohne aufzusehen.

Scully blickte zur Uhr. Zehn Minuten vor neun. Sie war früh dran, nur leider nicht so früh wie er. Leicht gereizt warf sie ihre Tasche unter den Schreibtisch und atmete einmal tief durch.

Sie konnte ihm seine Bemerkung kaum zum Vorwurf machen – schließlich hatte sie niemand gezwungen, mit ihm zusammenzuarbeiten. Sie hatte beschlossen, die Fälle zu bearbeiten, die Mulders Interesse fanden. Fälle, die niemand sonst übernehmen wollte.

„Worum geht's?" fragte sie schließlich, als Mulder keine Anstalten machte, ihr etwas zu erzählen.

Gähnend lehnte sich Mulder auf seinem Stuhl zurück und rieb sich die Augen. Dann griff er nach dem Ordner und reichte ihn seiner Partnerin. „Hier, sehen Sie selbst, und sagen Sie mir, was Sie darüber denken."

Scully nahm den Ordner entgegen und begann zu lesen. Je weiter sie kam, desto größer wurde ihre Verwunderung.

Dies war ein einfacher Vermißtenfall.

Kein Zusammenhang mit UFO-Sichtungen, kein Hauch des Übernatürlichen und kein noch so kleiner Hinweis, der auf ein unerklärliches Phänomen hindeutete. An diesem Fall gab es nichts, was Mulder interessieren könnte. Warum, so fragte sie sich, hielt er diesen Fall für wichtig genug, um ihm seine Aufmerksamkeit zu widmen – obwohl es in den Archiven des FBI noch unzählige ungelöste Fälle gab, die weitaus mysteriöser waren?

Sie musterte ihren Partner und versuchte, in seinem Gesicht zu lesen, doch seine Miene war so ausdruckslos wie immer. Wußte er etwas, das sie nicht wußte? War ihm etwas aufgefallen? Hatte sie etwas übersehen?

Erneut schlug sie das Deckblatt auf und las den Bericht noch einmal, doch dieses Mal ließ sie sich mehr Zeit.

Der Name der vermißten Person lautete George Kearns. Er war vor einigen Wochen von einem Tag auf den anderen verschwunden, und falls es in diesem Fall Spuren gegeben haben sollte, dann waren sie inzwischen kälter als kalt.

Scully schüttelte den Kopf. „Mulder, Sie wollen wissen, was ich denke? Ich denke, wir könnten ebensogut mitten in Washington, gleich hier vor dem Gebäude, auf die Jagd nach Wildgänsen gehen.“

Mulder sah ihr direkt in die Augen und sagte nur ein Wort: „Hühnchen.“

Hatte sie richtig gehört? Scully war überrascht und verletzt, obwohl sie sich kaum vorstellen konnte, warum er sie so nennen sollte. Dachte er etwa, sie hätte Angst? Noch dazu vor diesem Fall? Protestbereit öffnete sie den Mund, doch Mulder hatte ihre Reaktion bemerkt und beeilte sich, ihren Eindruck zu korrigieren.

„Es ist eine Hühnerjagd, Scully. George Kearns war staatlicher Geflügelinspektor in Dudley, Arkansas – der Heimat der Chaco-Hühner.“

Scully konnte die Sache immer noch nicht besonders amüsant finden. „Schön. Und er ist vor zweieinhalb Monaten verschwunden. Was interessiert Sie nur an diesem Fall?“

Mulder dachte über ihre Frage nach, wobei er den Kopf in einer Weise schief hielt, als würde er sich selbst über sein Interesse an diesem Fall wundern. „Da gibt es einige Gründe“, sagte er dann langsam. „Haben Sie den Absatz gelesen, in dem es heißt, daß eine Frau in der Nacht, in der George Kearns verschwand, von der I-10 aus ein seltsames Licht auf einem der angrenzenden Felder gesehen haben will?“

„Ja, das habe ich gelesen. Sie sprach von einem Irrlicht, aber was hat das zu bedeuten?“

„Irrlichter ... Sie werden in vielen indianischen Legenden des neunzehnten Jahrhunderts erwähnt.“ Mulder lehnte sich zurück, und Scully sah jenes typische Glitzern in seinen Augen, das den Geschichtenerzähler verriet. Jetzt fehlte nur noch ein Lagerfeuer. „Viele Menschen haben behauptet – manche haben es sogar vor Gericht beschworen –, daß sie gesehen hätten, wie ihre Angehörigen von Feuerbällen entführt worden seien. Ihre Leichen wurden nie gefunden. Die Leute haben diese Feuerbälle als Irrlichter bezeichnet, und sie glaubten, es seien die rachsüchtigen Geister massakrierter Indianer.“

Also doch ein Hauch des Übernatürlichen, wenn auch ein äußerst schwacher. Scully schob die Lippen vor.

„Mulder, haben Sie sich eigentlich erkundigt, ob diese Frau nicht gleich, nachdem sie ihre Aussage gemacht hat, bei einer gewissen Oprah angerufen hat?“

Mulder nahm ihr den Ordner ab und blätterte darin, bis er die Fotografie eines Feldes fand. Ein Staatspolizist kauerte am Boden. In der Hand hielt er ein Maßband, das über einen großen, kreisrunden schwarzen Fleck am Boden gespannt war.

„Die meisten Legenden hinterlassen keine kreisrunden Brandflecken“, erklärte er trocken. „Das ist das Feld, auf dem die Frau das Irrlicht gesehen haben will. Dieses Bild wurde am nächsten Tag aufgenommen.“

„Dann hat sie eben ein Feuer gesehen, Mulder. Das

könnte doch alles mögliche gewesen sein, ein Lagerfeuer zum Beispiel . . ."

Mulder nickte zustimmend. „Das habe ich zuerst auch gedacht. Aber dann habe ich mich an etwas erinnert . . ."

Behende erhob er sich und ging zu dem Metallständer in der Ecke, in dem Fernsehgerät und Videorekorder standen. „Ich habe einmal eine Dokumentation über eine Irrenanstalt gesehen." Er schaltete das Fernsehgerät ein und startete das Videoband im Rekorder. „Ich habe Alpträume davon bekommen."

Scully, die noch immer neben Mulders Schreibtisch lehnte, verschränkte die Arme vor der Brust und wartete. „Ich hätte nicht gedacht, daß Sie von irgend etwas Alpträume bekommen", murmelte sie.

„Ich war zwölf Jahre alt", erklärte Mulder achselzuckend.

Das Videoband lief an, und der schwarze Bildschirm des Fernsehgeräts erwachte plötzlich zum Leben.

Der Schwarzweißfilm zeigte ein erschütterndes Bild. Ein Mann mit einem ausgemergelten Gesicht, einem Dreitagebart und extrem kurzem weißen Haar erschien auf dem Bildschirm. Seine Wangen waren eingefallen, seine Haut erschlafft, und seine Lippen hatten sich zu einem wahnsinnigen Grinsen verzogen. Doch das Schlimmste waren seine Augen. Tief in den Höhlen liegend, um die herum das Fleisch dunkel und eingesunken war, offenbarten sie den ganzen ungeschminkten Irrsinn dieses Mannes.

Sein Blick war von Bildern traumatisiert worden, mit denen der menschliche Geist nicht umzugehen versteht, seine Augen waren Zeuge geheimnisvoller Vorgänge geworden, die ein Normalsterblicher niemals zu Gesicht bekommen sollte. Auf eine sonderbare Weise schienen sie noch immer an dem Ort dieser Geschehnisse zu verweilen, schienen noch immer in jene andere Welt zu blicken. Sie starrten vor sich hin. Dann wieder huschten sie gehetzt durch den Raum, um im nächsten Moment erneut zu erstarren. Dabei wirkte der Vorgang so unwillkürlich, als hätten sie sich zu selbständigen Organen mit eigener Intelligenz entwickelt.

Als der Mann zu sprechen begann, mußte sich Scully gewaltsam von dem furchtbaren Anblick losreißen, um seinen genuschelten Worten folgen zu können.

„Sie haben mich fortgebracht . . . die Feuerdämonen. Die Feuerdämonen wollten ihre Fleischration . . .“

Die Kamera fuhr zurück und zeigte mehr von der Umgebung. Der Mann lag angeschnallt auf einer Liege, dem einzigen Möbelstück in dem kleinen Raum. Die Leinengurte an den Ecken der Liege, die seine Hand- und Fußgelenke fixierten, waren abgenutzt und fransig, als wären sie schon seit einer langen Zeit in Gebrauch.

„Aber ich war zu schnell für sie . . . Ich war zu schnell . . .“

Mit einer Mischung aus Faszination und innerlicher Abwehr betrachtete Scully die bizarre Szene.

„Ich war zu schnell“, wiederholte der Mann und brach unvermittelt in ein heiseres Kichern aus. Dann kamen seine wildrotierenden Augen für einen Moment zur Ruhe und starrten direkt in die Kamera, direkt in Scullys Gesicht. „Laßt euch nicht von ihnen erwischen. Ihr dürft euch nicht von ihnen töten lassen“, flüsterte er. Der Zoom fuhr wieder näher heran, und das Gesicht des Mannes füllte erneut den Bildschirm. Scully konnte sich des unheimlichen Gefühls nicht erwehren, daß dieser Mann über all die Jahre hinweg direkt mit ihr sprechen würde, während seine Stimme zu einem unmenschlichen Schrei anschwoll. „Ihr dürft nicht zulassen, daß sie euch töten. Sonst kommt ihr nicht in den Himmel, hört ihr mich? Ihr werdet nie ... Ihr werdet nie in den Himmel kommen!“

Mulder beugte sich vor und drückte auf eine Taste des Videorekorders. Das Band stoppte genau in dem Augenblick, als sich das Gesicht des Mannes zu einem grotesken Ausdruck verzogen hatte, irgendwo zwischen einem spöttischen Grinsen und einer gepeinigten Grimasse.

„Sein Name war Creighton Jones“, erläuterte Mulder leise. „Am 17. Mai 1961 fuhr er an den Straßenrand, um ein kleines Nickerchen zu machen. Drei Tage später wurde er gefunden. Irgend etwas hatte ihn so durcheinandergebracht, daß er eingeliefert werden mußte.“

Mulder schaltete Fernseher und Videogerät aus. Der Bildschirm flackerte kurz auf, ehe er sich vollends verdunkelte. Dann wandte sich Mulder zu seiner Partnerin um.

„Die Staatspolizei hat seinen Wagen an der I-10 gefunden, mitten in Dudley, Arkansas.“ Mit einem schwachen Lächeln fügte er hinzu: „Der Heimat von Chaco Chicken.“

Scully schwieg. Es konnte sich um einen schlichten Zufall handeln. Es konnte durchaus eine vernünftige Erklärung für alles geben – aller Wahrscheinlichkeit nach würde es eine vernünftige Erklärung geben.

Doch sie mußte sich eingestehen, daß sie nun verstand, warum sich Mulder für diesen Fall interessierte.

3

Auf dem Flug nach Arkansas vertiefte sich Mulder in die Lektüre des zweibändigen Werkes *Folklore and Legends of the Ozark Mountain People*, einer Abhandlung über die Gebräuche der Bewohner des stark bewaldeten Berglands um Dudley. Als er den ersten Band zur Seite legte, um sich dem zweiten zuzuwenden, stieg von dem schweren alten Buch eine kleine Staubwolke auf und wehte zu Scully hinüber, die es sich auf dem Platz neben ihm bequem gemacht hatte.

Mulder hatte ihr angeboten, ebenfalls in den Büchern zu lesen, doch sie zog es vor, sich die Reisezeit mit dem Bordmagazin der Fluglinie zu vertreiben. Sie würde noch genug Zeit haben, um herauszufinden, was für ein Menschenschlag in Dudley lebte – ganz einfach, indem sie mit den Leuten sprach. Sie wollte nicht, daß ihr Eindruck von den Menschen durch Vorurteile über ihren Glauben und Aberglauben beeinflußt wurde. Das war Mulders Ressort. Ihre Aufgabe war es, objektiv zu bleiben.

Sie landeten auf dem überaus unmodernen Stadtflughafen von Fayetteville, Arkansas. Sie nahmen ihr Gepäck entgegen, begaben sich zum Mietwagenschalter, und schon nach wenigen Minuten waren sie auf der I-10 unterwegs Richtung Dudley.

Nach etwa zwanzig Minuten deutete Mulder, der das Gelände neben der Straße im Auge behalten hatte, auf ein freies Feld hinaus. „Dort ist es."

Scully saß am Steuer und warf einen Blick in die Richtung, in die Mulder zeigte. Sogar von der Straße aus war die Brandstelle, ein fast vollkommener schwarzer Kreis mitten auf der grünen Fläche, klar zu erkennen.

An der nächsten Ausfahrt verließ Scully den Highway und folgte der schmalen Landstraße zurück zu dem Feld. Gegenüber der verbrannten Stelle parkte sie den Wagen am Straßenrand.

Die beiden Agenten verließen den Wagen und gingen auf ihr schwarzes Ziel zu. Obwohl die Sonne zwischen den vielen kleinen Wölkchen ihren Weg zur Erde fand, war es empfindlich kalt. Scully war dankbar, daß sie ihren warmen Kamelhaarmantel trug. Mulders leichter Mantel dagegen flatterte im kühlen Wind, und Scully mußte sich ein Grinsen verkneifen, als sie sah, wie er seinen Kragen zuhielt. Immerhin hatte sie ihn davor gewarnt, daß es kalt werden würde.

Sie liefen über das Feld, bis sie die Stelle erreichten, an der die saftigen grünen Pflanzen verbrannter schwarzer Erde gewichen war.

Sofort bemerkte Scully den Aschehaufen und die verkohlten Überreste, die eindeutig auf ein Holzfeuer hindeuteten. Entgegen der Theorie ihres Partners war sie davon überzeugt, daß dieses Feuer von Menschen entfacht worden war.

Mit Bedauern stellte Scully fest, daß sogar in dieser Entfernung vom Highway noch eine Menge Müll zu finden war. Ein altes Taschentuch, das an den verkohlten Überresten einer Distel inmitten des Brandherdes hängengeblieben war, flatterte kläglich im

Wind. Mulder bückte sich und hob eine rußgeschwärzte Kunststoffgabel auf, die sich in der Hitze des Feuers zu einer verdrehten Klaue verformt hatte.

Ein Schatten auf der anderen Seite der verkohlten Fläche erregte Scullys Aufmerksamkeit, und sie lief quer durch die Asche, um ihn genauer in Augenschein zu nehmen.

Es war ein Ast, der direkt auf der Grenze zwischen der verbrannten Erde und dem lebendigen Gras in den Boden geschlagen worden war. Drei Austriebe streckten sich wie flehende Arme gen Himmel. Scully hatte keine Ahnung, was das zu bedeuten hatte – aber sie wußte, wer es ihr sagen konnte.

„Mulder . . .?“

Ihr Partner, der noch immer in der Asche nahe dem Mittelpunkt des schwarzen Kreises herumstocherte, wandte sich um und schaute einige Sekunden zu Scully hinüber, ehe er sich zu ihr gesellte.

„Was ist das?“

„Das ist ein Hexenpflock. Er soll böse Geister fernhalten.“

„Kann ich Ihnen helfen?“ fragte eine freundliche Stimme hinter ihnen.

Mulder und Scully fuhren herum.

Über das Feld kam ein uniformierter Mann auf sie zu. Als er nah genug war, erkannten sie, daß er einen Sheriffstern an seiner pelzbesetzten Jacke trug. Er war um die vierzig und hatte ein jungenhaftes, offenes Gesicht, das ihnen freundlich entgegenblickte.

Außerdem schien er aufrichtig daran interessiert zu sein, ihnen zu helfen. Er winkte ihnen schüchtern zu und grüßte mit einem ruckartigen Kopfnicken. „Hi, ich bin Sheriff Arens.“ Mit dem Daumen deutete er auf den Highway. „Ich habe gesehen, wie Sie die Abfahrt heruntergekommen sind.“

Die beiden Agenten gingen ihm entgegen. „Ich bin Special Agent Mulder...“ stellte sich Mulder vor und reichte dem Sheriff die Hand, die jener mit einem warmen Lächeln zu einem kurzen, wohlwollenden Händedruck ergriff. „... und das ist Agent Scully.“

Auch ihr schenkte der Sheriff ein ungezwungenes Lächeln und schüttelte ihre Hand. Scully erwiderte seinen Blick und stellte fest, wie sehr sie diese Art einfacher Herzlichkeit manchmal vermißte.

In der Zwischenzeit hatte Mulder seinen Ausweis aus der Manteltasche geholt. „Wir sind vom FBI“, sagte er, während er die schwarze Lederbörse aufklappte und dem Sheriff entgegenstreckte.

Arens beugte sich vor, um den Ausweis gründlich in Augenschein zu nehmen.

„Offensichtlich“, meinte er schließlich zustimmend und richtete sich wieder auf. „Leute wie Sie bekommen wir hier draußen selten zu sehen. Was kann ich für Sie tun?“

„Wir ermitteln im Fall des vermißten George Kearns“, erklärte Scully.

Überrascht zog der Sheriff die Augenbrauen hoch, doch dann nickte er zuvorkommend. „Also, ich bin Ihnen gerne behilflich, ich weiß nur nicht, ob es da viel zu ermitteln gibt.“

„Da bin ich anderer Meinung“, unterbrach ihn Mulder in einem etwas zu scharfen Ton, wie Scully fand. „Wir könnten zum Beispiel mit seinem Verschwinden anfangen.“

Glücklicherweise schien der Sheriff keinen Anstoß an Mulders Tonfall zu nehmen, denn er nickte erneut und mit nachdrücklicher Zustimmung. „Sicher . . .“ Er hielt inne und fügte dann hinzu: „Es gibt nur keinen Hinweis auf eine kriminelle Handlung, und da wir keine Leiche gefunden haben, haben wir lediglich einen Bericht über eine Vermißtensache angefertigt.“

Der Sheriff hatte präzise den Kern von Scullys eigenen Gedanken zu diesem Fall getroffen, und Scully blickte zu Mulder, um seine Reaktion zu beobachten. Es wäre schade, wenn sie nun einfach umdrehen und nach Washington zurückkehren würden – der Gedanke, für einige Tage die Gastfreundschaft einer Kleinstadt zu genießen, erschien Scully recht verlockend.

Offensichtlich dachte Mulder nicht im Traum daran, die Gegend wieder zu verlassen. Statt dessen schien er auf einer gänzlich anderen Wellenlänge zu sein. Er drehte sich um und deutete auf den Ast, der am Rand der Ascheflâche im Boden steckte.

„Warum haben Sie in ihrem Bericht nicht den Hexenpflock erwähnt?“

Sheriff Arens musterte sein Gegenüber. Zum zweiten Mal wirkte er äußerst überrascht. Dann sah er zu Scully, wobei er eine Braue hochzog, als wolle er fragen, ob Mulder das wirklich ernst meine. Scully wandte den Blick ab und betrachtete das Feld. Wenn Mulder diese Art der Befragung weiterverfolgen wollte, dann mußte er ohne sie auskommen.

„Weil . . .“ begann der Sheriff vorsichtig. „Nun, die Felder in dieser Gegend sind voll von diesen Dingern. Viele der Alteingesessenen hier sind ziemlich abergläubisch … Ich verstehe nicht, was das mit dem Verschwinden von George Kearns zu tun haben soll.“

Mulder zeigte auf die verbrannte Erde. „Was ist mit dieser Brandstelle?“

„Illegale Müllverbrennung“, erklärte der Sheriff, der bei dieser Frage wieder vertrauten Boden unter den Füßen zu haben schien. Er lachte leise. „Ich verteile ständig Vorladungen, aber sie tun es trotzdem. Ich vermute, es ist billiger, das Bußgeld zu bezahlen, als das Zeug zur Müllkippe zu bringen.“

„Dann glauben Sie nicht, daß es ein Irrlicht gewesen sein kann?“

„Irrlicht?“ Mit leicht offenem Mund starrte Arens Mulder an. Für einen Augenblick machte er den Eindruck, als wolle er darum bitten, Mulders Ausweis noch einmal sehen zu dürfen, doch dann riß er sich zusammen. „Sir, Irrlichter gibt es nur in Geistergeschichten über Sumpfgase.“

Gedankenverloren nickte Mulder vor sich hin, und Scully warf dem Sheriff einen verständnisvollen Blick zu. Entweder Mulder wollte es nicht begreifen, oder es war ihm einfach gleichgültig – seine weithergeholten Theorien mußten doch auf Ablehnung stoßen. Scully bereute, ihn nicht auf die physikalischen Beweise für ein Holzfeuer aufmerksam gemacht zu haben, ehe er sich in diese peinliche Situation bringen konnte.

Der Sheriff meldete sich erneut zu Wort. „Sehen Sie, ich weiß nicht, was für eine Vorstellung Sie von dieser Sache haben, aber George Kearns war auf der Durchreise, seit er in dieser Stadt angekommen ist.“

Diese Bemerkung erweckte nun Scullys Neugier. „Wie meinen Sie das?“

„Er hat sich nie eingelebt. Nicht auf der Hühnerfarm, nicht einmal in seinem eigenen Zuhause.“ Der Sheriff hatte sich wieder gefangen. Möglicherweise fragte er sich noch, ob er zu weit gegangen war, doch dann entschloß er sich, die Flucht nach vorn anzutreten. „Es ist kein großes Geheimnis, daß Kearns’ Ehe nicht glücklich war“, fügte er leise hinzu, und obwohl sie vermutlich meilenweit von jeder Menschenseele entfernt waren, klang seine Stimme verschwörerisch.

„Sie denken, daß hier weiter nichts passiert ist, Sheriff?“ fragte Scully. „Daß Kearns einfach beschlossen hat, seine Frau zu verlassen, ohne sie davon zu unterrichten?“

„So gut kenne ich ihn nicht, Ma’am. Aber nach allem, was ich in der Stadt so gehört habe . . . Lassen Sie es mich so sagen, es würde zu seinem Charakter passen.“

„Glaubt seine Frau auch, daß es so gewesen ist?“ wollte Mulder wissen.

Der Sheriff zuckte die Achseln. „Davon bin ich überzeugt, aber Sie können sie gern selbst fragen.“

Scully sah zu Mulder hinüber, und er erwiderte ihren Blick. Das war genau das, was er zu tun beabsichtigte.

4

Arens führte sie durch Dudley bis zu Doris Kearns' Haus. In Gedanken versunken saß Mulder auf dem Beifahrersitz, während Scully dem Wagen des Sheriffs folgte.

Als sie sich auf ihren Weg in Richtung Dudley gemacht hatten, hatte Scully Mulder von den Spuren des Holzfeuers erzählt, die ihr aufgefallen waren – und Mulder gab zu, daß auch er sie bemerkt hatte.

„Aber das bedeutet doch, daß ein Mensch und kein Geist für dieses Feuer verantwortlich ist“, meinte Scully.

„Ich weiß“, stimmte Mulder zu.

„Warum um alles in der Welt haben Sie dann den Sheriff nach Irrlichtern gefragt? Und nach dem IIexcnpflock?“

„Ich wollte nur wissen, ob er übernatürlichen Phänomenen aufgeschlossen gegenübersteht.“

„Und, tut er das?“

Mulder lächelte schief. „Nicht sehr.“

Was eigentlich kein Wunder war, fügte er in Gedanken hinzu. Er wußte, daß er verbohrt sein konnte, doch das pflegte sich in der Regel dann auszuzahlen, wenn er einen glaubwürdigen Beleg für seine Theorien fand.

Außerdem konnte er durchaus auch objektiv sein. Gerade jetzt mußte er sich eingestehen, daß seine Theorie, nach der ein irrlichternder Rachegeist für

George Kearns' Verschwinden verantwortlich war, sich mehr und mehr selbst als ein Irrlicht entpuppte.

Womit er wieder an derselben Stelle war, an der er angefangen hatte – nur hatte er jetzt nicht einmal mehr den Hauch einer Idee, der er nachjagen konnte.

Noch nicht.

Objektiv betrachtet schien es wahrscheinlich, daß George Kearns ganz einfach die Stadt verlassen hatte, genau wie der Sheriff vermutete. In diesem Fall würden er und Scully sich kurz mit Mrs. Kearns unterhalten und dann den Rückflug nach Washington D.C. antreten.

Und natürlich war es auch möglich, daß George Kearns den Tod gefunden hatte, ohne daß es dabei irgendwelche ungewöhnlichen Umstände gegeben hatte.

Andererseits . . . andererseits hatte der Anblick der verbrannten Erde das Gefühl verstärkt, das ihm sagte, daß es eine Verbindung zwischen George Kearns' Verschwinden und dem entsetzlichen Erlebnis gab, das Creighton Jones im Jahr 1961 gehabt habe mußte.

Eine Verbindung, die sich über drei Jahrzehnte erstreckte.

Und wenn es diese Verbindung tatsächlich geben sollte, so war Mulder entschlossen, sie aufzudecken.

Scully blieb weiter hinter dem Wagen des Sheriffs, der das kleine Gewerbegebiet des Ortes passierte. Die Chaco Chicken-Hühnerfarm außerhalb der Stadt war der einzige größere Arbeitgeber im Umkreis mehrerer Meilen. Mulder bemerkte, daß die wenigen kleinen Geschäfte an der *Chaco Street* nur die lebensnotwendigsten Güter im Angebot hatten.

Schnell ließen sie die Gegend hinter sich und fuhren durch ein eher spartanisch wirkendes Wohnviertel. Einige Blocks weiter hielten sie vor einem bescheidenen Haus mit einer blauen Holzfassade.

Sheriff Arens stellte Doris Kearns die beiden FBI-Agenten vor, und Mulder nahm ihre Einladung zu einer Tasse Kaffee dankend an.

Überrascht musterte ihn Scully von der Seite – ein Kaffeeplausch gehörte nicht gerade zu seinen Gepflogenheiten. Es stand ihr ins Gesicht geschrieben, daß sie wissen wollte, was er vorhatte. Mit einer winzigen, kaum wahrnehmbaren Geste bedeutete er ihr, bei Mrs. Kearns zu bleiben.

Scully folgte der Frau in die Küche und fragte höflich: „Macht es Ihnen etwas aus, wenn ich Ihnen ein paar Fragen stelle?"

Sheriff Arens warf einen schnellen Blick zu Mulder hinüber und zog es vor, ebenfalls in der Küche zu verschwinden.

Augenblicklich richtete sich Mulders Aufmerksamkeit auf die Aktentasche, die er schon während der Begrüßung neben dem Sofa entdeckt hatte. Angesichts des Designs und des abgenutzten Leders war er davon überzeugt, daß es sich um die Tasche von Mr. Kearns handelte. Er strich mit den Fingern über die Oberfläche. Eine dicke Staubschicht, die sich über mehrere Wochen angesammelt haben mußte, bedeckte das Leder. Mulder legte die Daumen auf das Zwillingsschloß, drückte die Hebel nach außen, und mit einem leisen Schnappen öffnete sich die Verriegelung. Als er den Deckel zurückschlug, dankte er Kearns im stillen, daß er seine Tasche unverschlossen zurückgelassen hatte.

Während sich Doris Kearns über den Herd beugte, betrachtete Scully sie aufmerksam. Sie war etwa Mitte Vierzig. Das Blau ihrer Augen glich fast genau dem der Fassadenfarbe an ihrem Haus. Falls sie wegen ihres Mannes besorgt oder wegen Scullys Fragen verunsichert war, so zeigte sie es nicht.

„Mein Mann und ich hatten einige Probleme, die wir nicht beilegen konnten“, erklärte Mrs. Kearns, ohne dabei viel Gefühl zu zeigen. „Ich hätte ihn schon lange verlassen sollen. Ich hatte einmal ein Gespräch mit einem Anwalt, aber ich konnte mich nicht zu einer Scheidung durchringen.“ Sie lachte kurz auf, und es klang zu einem Drittel verbittert und zu zweien erleichtert. „Ich schätze, nun hat er mir den Ärger erspart.“

„Dann sind Sie also davon überzeugt, daß Ihr Mann Sie verlassen hat?“ fragte Scully in der Hoffnung, eine eindeutige Aussage zu bekommen.

Sheriff Arens lehnte lässig gegen den Kühlschrank, die Daumen hinter den Gürtel gehakt. Aufmunternd nickte er zu Mrs. Kearns hinüber.

„George hat mich schon vor langer Zeit verlassen“, erwiderte Mrs. Kearns nachdrücklich. „Etwa zu der Zeit, als ich in die Vierziger kam. Aus der Stadt zu verschwinden war nur . . . eine Formalität.“

„Wissen Sie, wo er hingegangen sein könnte?“

„Nein. Und ich will es auch nicht wissen.“

Mit einem Klemmbrett, auf dem mehrere Papiere befestigt waren, erschien Mulder in der Küchentür.

„Mrs. Kearns, dieser Inspektionsbericht . . . Ihr Mann wollte ihn am Tag vor seinem Verschwinden beim Landwirtschaftsministerium einreichen.“

Sofort schüttelte Mrs. Kearns den Kopf. „Darüber weiß ich nichts."

Auf Sheriff Arens' Gesicht spiegelte sich milde Neugier wider, und er warf über Mulders Schulter hinweg einen Blick auf die Papiere.

„Wollen Sie damit sagen, daß er nie mit Ihnen über seine Arbeit gesprochen hat?" fragte Mulder weiter.

„Es gab . . . ich bin sicher, es gab viele Dinge, über die er nie mit mir gesprochen hat", entgegnete sie. Ihre Stimme hatte einen leicht nervösen Klang angenommen.

Mulder deutete auf die Papiere. „Also, er hat hier einige klare Zuwiderhandlungen gegen die Bestimmungen zum Gesundheitsschutz aufgeführt. Er wollte die Schließung des Betriebs empfehlen . . . Davon wäre natürlich die ganze Stadt betroffen gewesen."

„Ich sagte es Ihnen schon! Er hat mir nie etwas über die Vorgänge auf der Hühnerfarm erzählt", wiederholte die Frau gehetzt und warf Sheriff Arens einen hilfesuchenden Blick zu. Doch der gönnte ihr nur ein verständnisvolles Lächeln.

„Mrs. Kearns, ich weiß, es ist nicht leicht für Sie", räumte Scully ein, „aber hat Ihr Mann vielleicht Drohanrufe erhalten, oder haben Sie irgendwelche ungewöhnlichen Postsendungen bekommen?"

„Nein. Nie. Jedenfalls nicht, soweit ich es beurteilen kann. Falls . . . falls er bedroht worden ist, so hat er mir nichts davon erzählt."

Scully und Mulder tauschten einen Blick. Ganz offensichtlich stand Mrs. Kearns kurz vor einem Nervenzusammenbruch, und es war an der Zeit aufzuhören. Scully empfand Mitgefühl. Diese Frau hatte ihr Leben an einen Mann verschenkt, der sie im Stich gelassen hatte, und jetzt plagte er sie auch noch über sein Verschwinden hinaus.

Mulder zog eine Karte aus seiner Brieftasche und reichte sie Mrs. Kearns.

„Ich lasse Ihnen meine Telefonnummer da. Falls Ihr Mann Kontakt zu Ihnen aufnimmt oder falls Ihnen sonst noch etwas einfällt – möchte ich, daß Sie mich anrufen.“

Schweigend nahm Mrs. Kearns die Karte entgegen.

Mulder wandte sich an Arens. „Sheriff, wenn es Ihnen nichts ausmacht, dann wäre ich Ihnen dankbar, wenn Sie uns zu Chaco Chicken führen könnten.“

Sheriff Arens grinste. „Kein Problem.“

5

Ein voll beladener Lastwagen verließ das Werk, und sofort fuhr der nächste Transporter an die frei gewordene Rampe. Weißgekleidete Arbeiter schoben Transportkarren mit stabilen Kunststoffbehältern voller Hühnchenteile auf seine Ladefläche. Statt zu einfachen Kadavern waren die Tiere zu Nahrungsmitteln geworden, einzeln in Plastikfolie verpackt, küchenfertig und bereit, eine hungrige Nation zu versorgen.

In erstaunlich kurzer Zeit war der LKW bis zur vollen Auslastung seiner Kapazität beladen. Als er vom Hof fuhr, rückte gleich der nächste aus einer schier endlosen Reihe von wartenden Lastern nach.

Über allem wachte das riesige Konterfei Walter Chacos, das von einem großen Schild auf dem Dach der Fabrik herabblickte, als würde es zwischen den Wolken schweben. Das gemalte Lächeln strahlte auf die geschäftig umherlaufenden Arbeiter herab. Gleich neben dem Bild prangte in stolzen, zwanzig Fuß hohen Lettern der Schriftzug *CHACO CHICKEN*, und darunter, etwas kleiner, das Motto des Unternehmens: *Gute Menschen, Gutes Essen.*

Zwei Wagen hielten vor dem Haupttor der Fabrik. Als Mulder und Scully aus ihrem Leihwagen stiegen, umfing sie augenblicklich ein überwältigender Fäulnisgestank. Mit gerümpften Nasen versuchten sie sich einen Eindruck von den Ausmaßen des Werks zu verschaffen, während sich der Sheriff, dem der Geruch nichts auszumachen schien, zu ihnen gesellte.

Kaum hatten Mulder und Scully die weitläufige Werkhalle betreten, als sie auch schon von einem unglaublichen Lärm umtost wurden: ein ständiges Klirren, Surren und Kreischen von Maschinen und Messern. Gleich darauf bemerkten sie, daß sich der Geruch nach Blut, Innereien und Abfällen noch verstärkt hatte.

Dann sahen sie das Förderband, das die grausame Wirklichkeit der Arbeit auf einer Hühnerfarm zeigte: In einer endlosen Reihe fahlen Fleisches zogen die aufgehängten Hühner mit lahmen Flügeln an den Arbeitern vorüber.

Die Vögel waren bereits geschlachtet und gerupft. Während die toten Tiere auf Metallstäbe gespießt durch den Raum transportiert wurden, schlitzte ihnen die erste Arbeitstruppe den Leib auf und strich die hervorquellenden Innereien heraus. Der nächste Trupp nahm die Hühner von den Stäben ab und hängte sie mit den Beinen an Metallhaken, damit die folgende Arbeitsgruppe sie von innen und außen reinigen konnte.

Die Geschwindigkeit des Bandes war die dominierende Konstante in der Werkhalle, und während die Vögel vorbeiliefen, gingen die Arbeiter in präziser Monotonie ihrem gnadenlosen Job des Aufschlitzens und Ausweidens nach.

Mulder stieß einen leisen Pfiff aus. „Hier kommen also die Chicken-Nuggets her.“

Ein Mann, der anstelle der weißen Overalls einen blauen Anzug trug, kam auf sie zu.

„Sheriff, kann ich Ihnen helfen?“ rief der Mann über das Getöse der Maschinen hinweg.

„Hi, Jess“, brüllte Sheriff Arens zurück und drehte sich kurz zu Mulder und Scully um. „Das ist Jess Harold, der Betriebsleiter. Jess, diese Leute sind vom FBI.“

Scully nickte. „Wir glauben, George Kearns' Verschwinden könnte etwas mit einem Bericht zu tun haben, den er an das Landwirtschaftsministerium schicken wollte.“

Harold lachte leise und schüttelte den Kopf, als hätte ihm Scully soeben einen guten Witz erzählt. „Sie müssen wissen, daß George, seit er hergekommen ist, versucht hat, das Werk schließen zu lassen.“

Mulder ließ seinen Blick durch die Halle schweifen. Das Ausnehmen der Hühner sah nach einer unerträglichen, langweiligen und unendlich monotonen Arbeit aus, doch er konnte keine offensichtlichen Hygieneprobleme erkennen.

„Er hat diverse Verstöße aufgeführt“, beharrte Scully.

„Ich weiß, daß er das getan hat“, stimmte Harold zu. „Glauben Sie mir, ich mußte jeden einzelnen Punk widerlegen.“

„War an den Vorwürfen etwas dran?“

Jess Harold lächelte erneut und sagte siegessicher: „Lassen Sie mich Ihnen was zeigen.“ Ohne auf eine Antwort zu warten, wandte er sich ab und ging zielstrebig davon. Mulder und Scully wechselten einen kurzen Blick, ehe sie ihm mit dem Sheriff im Schlepptau folgten.

Schweiß lief über Paula Grays Gesicht, und ihr Atem ging in kurzen, abgehackten Stößen. Mit dem Overall, dem Haarnetz und der feuchtglänzenden Haut hatte sie wenig Ähnlichkeit mit der jungen Frau, die zu George Kearns ins Auto gestiegen war.

Sie schwitzte nicht wegen der anstrengenden Arbeit an dem Hühnerband. Mit einer schnellen Bewegung ihres Sägemessers schlitzte sie das nächste tote Huhn auf, griff mit der behandschuhten Hand in die Bauchhöhle und zog die blutigen Innereien heraus. Paula tat das hundertfach am Tag, und sie brach dabei niemals in Schweiß aus. Gewöhnlich nicht.

Auch lag es nicht daran, daß es zu warm gewesen wäre. Die Lufttemperatur in der Werkshalle wurde in Anbetracht der verderblichen Ware stets niedrig gehalten – trotzdem war ihr Arbeitsanzug durchnäßt und klebte an ihrer feuchtkalten Haut.

Nervosität war auch nicht der Grund. Von ihrem Arbeitsplatz aus konnte sie zwar das Haupttor im Auge behalten, doch sie hatte kaum wahrgenommen, daß der Sheriff in Begleitung zweier Fremder hereingekommen war. Sie hatte kaum bemerkt, daß Jess Harold, ihr Vorgesetzter, den Sheriff und die anderen beiden Personen an dem Band vorbei zur Qualitätskontrolle brachte.

Nein, Paula hatte wichtigere Dinge, um die sie sich Sorgen machen mußte – sie mußte sich endlich auf ihre Arbeit konzentrieren. Das war ihr in den vergangenen Wochen zunehmend schwerer gefallen. Mehr als einmal war sie in der Wirklichkeit angekommen und hatte festgestellt, daß in der Zwischenzeit drei oder mehr Hühner an ihr vorbeigelaufen waren. Ihre

Kollegen konnten sie nicht ständig decken, sie mußte sich zusammenreißen. Sie war zwar Walter Chacos Enkeltochter, doch sie genoß keinerlei Privilegien. Niemand wurde bevorzugt. Ebenso wie alle anderen mußte sie beweisen, daß sie ihren Lohn verdiente.

Sie war sogar beim Arzt gewesen und hatte ihm erzählt, wie sie sich fühlte. Er hatte ihr ein paar bittere Pillen gegen den Streß verschrieben, die ihr nicht im geringsten halfen. Sie überlegte gerade, ob sie ihn noch einmal aufsuchen sollte, als . . .

. . . ein Gefühl, wie sie es noch nie erlebt hatte, durch ihren Körper strömte. Starke Hitze pulste durch ihre Adern. Sie begann zu zittern, und mit dem Zittern kamen Wellen furchtbarer Schmerzen. Sie biß die Zähne zusammen. Unwillkürlich verkrampften sich ihre Finger um den Griff ihres rasiermesserscharfen Messers.

„Paula!“ Es war der Kollege, der am Platz neben ihr arbeitete. Sie hätte sein Gesicht kennen müssen, doch plötzlich schien ihr alles nur noch fremd und bedrohlich zu sein. „Bist du okay?“

So unvermittelt, wie es begonnen hatte, hörte das Zittern wieder auf. Sie atmete einige Male tief durch und nickte. „Mir geht es gut“, preßte sie hervor.

Ihr Kollege bedachte sie mit einem zweifelnden Blick, doch dann wandte er sich wieder seiner Arbeit zu.

Wie betäubt streckte Paula den Arm aus und schlitzte das nächste Hühnchen auf. Und das nächste. Noch immer schwer atmend trieb sie sich an, jedes vorbeikommende Tier aufzuschlitzen, während sie gleichzeitig darüber nachzudenken versuchte, was gerade geschehen war.

Irgend etwas stimmte nicht mit ihr. Schnitt.

Sie wollte einfach nicht, daß es wahr war. Schnitt.

Ihr Großvater hatte ihr gesagt, daß es nichts gäbe, worum sie sich Sorgen machen . . .

Paula ließ das Messer fallen und schrie.

Statt des nächsten toten Hühnchens saß der Kopf von George Kearns auf dem metallenen Stiel. Die toten Augen quollen aus ihren Höhlen und stierten sie an. Seine halbgeöffneten Lippen bebten im Rhythmus des Förderbands, während Blut aus der offenen Wunde troff, die einmal sein Hals gewesen war.

Das Grauen erfaßte sie und vertrieb jeden vernünftigen Gedanken. *Weg! Weg . . . weg!* Sie griff nach dem körperlosen Kopf, riß ihn von dem spitzen Metalldorn und schleuderte ihn mit aller Kraft von sich. Sie sah, wie er gegen die Wand zum Packraum prallte, stolperte einige Schritte rückwärts, drehte sich um und stürzte aus der Halle.

Ihre Kollegen blieben zurück und starrten auf das, was sie geworfen hatte.

Ein Hühnchen. Ein totes nacktes Hühnchen.

„Hier hat George gearbeitet“, erläuterte Harold seinen Besuchern und deutete auf den sauberen und gut beleuchteten Arbeitstisch. „Kein Huhn verläßt das Werk, ohne vorher durch die Qualitätskontrolle zu laufen.“

Mulder und Scully nickten. Sie konnten sich davon überzeugen, daß er die Wahrheit sagte. Nachdem die Hühner in der großen Werkhalle bearbeitet worden waren, lief das Förderband erst durch den Kontrollraum, ehe es im Packraum verschwand, wo die

Hühner entweder zerlegt oder im Ganzen verpackt wurden. Eine Gruppe von Inspektoren stand neben dem Fließband und kontrollierte die Bauchhöhle und das Muskelfleisch der vorbeiziehenden Hühnerleichen. Gelegentlich trugen sie etwas in die Formulare ein, die sie auf Klemmbretter gespannt hatten.

„Wir arbeiten hier schon seit fünfzig Jahren, ohne jemals Ärger mit dem Landwirtschaftsministerium gehabt zu haben", fuhr Harold fort. „Bis George kam."

Während sich Mulder im Raum umblickte, sah Scully Harold direkt in die Augen und fragte ohne Umschweife: „Hat Kearns gedroht, die Hühnerfarm schließen zu lassen?"

„Oh, er hat es versucht. Aber wir haben hier noch drei andere Inspektoren, und von allen erhielten wir nur beste Beurteilungen. Hier, sehen Sie selbst", entgegnete Harold und griff nach einem Klemmbrett, das an einem Haken an der Mauer hing.

Er reichte Scully das Klemmbrett, und sie überflog die Formulare. Jedes war ordnungsgemäß von einem der Inspektoren unterzeichnet worden. Scully betrachtete die Wertungskästchen auf dem Vordruck. Nur die besten Noten waren angekreuzt worden.

Harold wedelte mit dem Zeigefinger durch die Luft. Es gelang ihm nicht, den Ärger in seiner Stimme zu unterdrücken. „Nein. Das einzige Problem, das dieses Werk je hatte, war George."

Scully hob den Kopf. „War er Problem genug, um etwas gegen ihn zu unternehmen?"

Die Frage schien dem Betriebsleiter die Sprache zu verschlagen. „Falls Sie damit sagen wollen, daß jemand ... jemand etwas getan haben könnte, um George aufzuhalten ..." Mit zusammengekniffenen Lidern dachte er einen Moment lang nach. „Nun, möglich ist natürlich alles. Aber Sie müssen wissen, daß George sich mit jedem angelegt hat." Er sah Scully scharf an. „Sogar mit der Bundesregierung."

Scullys Gesichtsausdruck blieb neutral. „Was meinen Sie damit?"

„Er hat eine Schadenersatzklage eingereicht. Sagte, er bekäme furchtbare Kopfschmerzen von der Arbeit. Sein Anwalt nennt das ‚Fließbandhypnose'."

„Ja, davon habe ich gelesen", meinte Scully obenhin. „Sie wird durch eine sich schnell wiederholende, monotone Tätigkeit verursacht."

Nun klang Jess Harold plötzlich defensiv. „Ich will ja gar nicht bestreiten, daß hier jeden Tag eine Menge Hühner durchlaufen", bekannte er. „Aber wir arbeiten stets innerhalb der gesetzlichen Richtlinien."

„Was ist aus Kearns' Klage geworden?"

Harold nahm wieder seine selbstgefällige Haltung ein. „Sie wurde abgewiesen, nur ein paar Wochen vor seinem Verschwinden."

Durch eine offene Tür spähte Mulder in die Werkhalle. Ein Arbeiter lief von einer Ausweidestation zur nächsten und sammelte die Abfälle in einem Plastikeimer. Als der Eimer voll war, ging er damit zu einer Industriemühle und leerte ihn in den großen Einfüllstutzen. Dann betätigte er einen Schalter, und das Mahlwerk nahm lautstark seine Arbeit auf. Mulder konnte sehen, wie die weiche Masse über eine Rutsche in einen großen Trog unterhalb der Mühle strömte.

Mulder fragte sich, ob das einer der Verstöße war, die Kearns bemängelt hatte.

„Was ist das?" erkundigte er sich bei Harold und deutete auf den Behälter.

„Ach, das . . ." Der Betriebsleiter führte sie zu der gewaltigen, bebenden Maschine, die Mulders Aufmerksamkeit erregt hatte. „Das ist eine Futtermühle."

„*Futter*mühle?" Mulder traute seinen Ohren nicht.

Harold nickte. „Sie zerkleinert Knochen, Muskelgewebe, alles, was wir von den Vögeln nicht verkaufen können. Wir verwenden es als Futter."

Sie versammelten sich um die Mühle und starrten auf die blutige Masse in ihrem Inneren. Eine Art riesiger Schraube drehte sich und zermalmte Fleisch und Knochen so lange, bis sie als dünnflüssiger schleimiger Brei in den tiefer liegenden Trog flossen.

Mulder verzog das Gesicht. „Hühner fressen Hühner?" fragte er, unfähig seine Abscheu zu verbergen.

„Ich weiß, das klingt nicht gerade appetitanregend", erklärte Harold, „aber es ist nahrhaft, und es senkt die Kosten." Er konnte ihnen ansehen, daß sie noch nicht überzeugt waren. „Die Masse wird gekocht und mit Getreide vermischt. Es gibt keinen Grund, all das gute Protein wegzuwerfen."

Als eine Sirene ertönte, blickte Jess Harold auf seine Uhr.

„Wenn Sie mich entschuldigen würden." Er schenkte den Agenten ein geschäftsmäßiges Lächeln. „Ich muß mich jetzt um den Schichtwechsel kümmern." Dann wandte er sich um und verschwand im Getümmel der Arbeiter.

Mit hochgezogenen Schultern sah Scully zu Mulder hinüber. „Sind Sie nun bereit zuzugeben, daß man einen Narren aus uns gemacht hat?"

Mulder wandte den Blick nicht von der Futtermühle ab. „‚Wenn der Narr an seiner Narrheit festhält, wird er weise werden', Scully", entgegnete er und blinzelte ihr zu. „William Blake."

Sie schüttelte den Kopf. „Selbst Blake hätte eine Sackgasse erkannt, wenn er vor ihr gestanden hätte", bemerkte sie, während sie zum Ausgang gingen. „Ich meine, ob George Kearns nun die Stadt verlassen hat oder umgebracht wurde, diesen Fall – immer vorausgesetzt es gibt einen – könnte doch genausogut jemand aus dem Büro in Kansas City übernehmen." Sie grinste. „Mulder, Sie werden hier nicht gebraucht."

Ihr Partner seufzte. Darauf konnte er nichts erwidern. Sicher gab es Hinweise, aber nichts, was ihn weiterbrachte. Seine ursprüngliche Theorie hatte sich in Luft aufgelöst, und ein neuer Anhaltspunkt hatte sich nicht ergeben. Möglicherweise mußte er diesmal tatsächlich eingestehen, daß Scully . . .

Ein schriller Schrei hallte durch die weitläufige Halle und vertrieb den Gedanken aus seinem Bewußtsein. Wie ein Mann wirbelten Mulder und Scully herum.

In der Mitte der Halle stand Paula Gray und hielt ihr langes scharfes Ausweidemesser an Jess Harolds Kehle.

Die beiden FBI-Agenten schätzten die Situation ab und stürmten vorwärts. Ein weiterer Schrei übertönte den Produktionslärm, während das Fließband unbeachtet weiterlief.

Die verzweifelte Frau mit dem Messer wich langsam zurück in Richtung Schneidestation, wobei sie mit wilden Blicken um sich schaute. Harold war zu verängstigt, um sich zur Wehr zu setzen und schlurfte unbeholfen rückwärts mit ihr mit. Beinah wäre er in einer Blutlache auf dem Boden ausgerutscht.

„Lassen Sie ihn gehen!" rief Mulder und griff nach seiner Waffe. „Wir sind Bundesagenten!"

Nach und nach verließen die anderen Arbeiter ihre Arbeitsplätze. Einige wichen an die Wände zurück, andere kauerten sich auf den Boden. Manche schienen zu überlegen, wie gefährlich es wäre, wenn sie selbst eingreifen würden.

„Bleiben Sie alle ganz ruhig!" schrie Scully, um jegliche Panik im Keim zu ersticken – und eventuelle Möchtegernhelden davon abzuhalten, noch weitere Menschenleben zu gefährden.

Sie machte einige Schritte auf Paula und ihre Geisel zu. Aus dieser Entfernung konnte sie deutlich erkennen, wie sich das Messer in Harolds Haut drückte. Ein kleiner Ausrutscher, ein bißchen mehr Druck, und es würde dem verängstigten Mann die Kehle aufschlitzen.

„Tun Sie ihm nichts", beschwor Scully die Frau. „Sagen Sie uns einfach, was Sie wollen."

Paulas irrlichternde Augen blickten überallhin, nur nicht auf die FBI-Agentin. Scully war sich nicht einmal sicher, daß die junge Frau sie überhaupt bemerkt hatte. Irgend etwas schien sie um den Verstand gebracht zu haben. Sie machte noch zwei Schritte, und plötzlich richtete sich Paulas Blick doch auf sie.

Scully versuchte es noch einmal. „Bitte, Miss, wir

können über alles reden. Wir wollen doch nicht, daß jemand verletzt wird."

Noch ein kleiner Schritt. Paula geriet in Panik und wich rasch rückwärts, wobei sie Harold mitschleifte. Sein Gesicht hatte einen tiefdunklen Ton angenommen, und er japste wie ein Fisch auf dem Trockenen.

Mulder hatte die Waffe auf die Frau angelegt, und seine Partnerin hielt sich aus seiner Schußlinie. Solange die Geisel im Weg war, konnte er keinen Schuß riskieren, doch er war darauf vorbereitet, jederzeit abzudrücken.

„In Ordnung", sagte Scully. „Ich werde nicht näherkommen. Ich möchte, daß Sie mir vertrauen."

Der wirre Ausdruck in den Augen der jungen Frau wurde etwas klarer. Was auch immer ihren Geist umklammert hielt, schien seinen Griff etwas zu lokkern. Sie sah Scully an, und in ihre angstvolle Miene schlich sich die Spur eines Flehens.

Scully seufzte erleichtert. Möglicherweise würde sich die Angelegenheit doch noch beilegen lassen. „Warum geben Sie mir nicht das Messer?" schlug sie vor.

Sie ging einen weiteren Schritt auf die Frau zu, und dieses Mal wich sie nicht zurück. Harold schluchzte wie ein kleines Kind.

Paula ließ zu, daß Scully noch einen Schritt näherkam. Ihre Armmuskeln entspannten sich ein wenig, und der Druck der Klinge an Harolds Kehle ließ nach.

Niemand hatte mit dem Schuß gerechnet.

Der laute Knall hallte von den Wänden wider. Zwischen den Maschinenteilen aus rostfreiem Stahl brach sich ein mehrfaches metallisches Echo und verlängerte die bizarre Szene ins scheinbar Unendliche.

Wie durch Zauberei erschien ein bösartiges rotes Loch auf Paulas Schläfe. Die Wucht des Aufpralls verlagerte sich in ihren Körper, und die junge Frau, die bereits nicht mehr am Leben war, stolperte zur Seite.

Jess Harold schrie verzweifelt auf, denn Paulas Messer lag noch immer an seiner Kehle. Als sie taumelte, drückte das Gewicht ihrer Leiche die Klinge stark genug in seinen Hals, um die Haut aufzuschlitzen: Unterhalb seiner Kehle zeigte sich eine leuchtendrote Linie. Während Paula fiel, griff er voller Panik an die Wunde. Die junge Frau stieß gegen den Trog unter der Futtermühle und torkelte über die Seitenwand in den blutigen Brei.

Scully wirbelte herum und starrte Mulder an, doch ihr Partner hob überrascht die Schultern. Er hatte nicht geschossen.

Es war Sheriff Arens. Er hielt seine Waffe mit beiden Händen fest umklammert, während eine dünne Rauchfahne aus der Mündung quoll. Er schien wie versteinert, fassungslos über das, was er getan hatte, und die Kettenreaktion, die er damit ausgelöst hatte.

Mulder rannte zu Jess Harold hinüber und zog ihm die Hand vom Hals. Es war nur eine Fleischwunde – die Klinge hatte lediglich die obere Haut durchschnitten.

Nach einem aufmunternden Nicken eilte Mulder zu dem riesigen Trog weiter, in dem nun der Leichnam der jungen Frau lag . . . und konnte gerade noch einen Blick auf ihren leblosen Rücken erhaschen, ehe sie wie ein Stein im Treibsand in der blutigen Masse versank.

6

Während sie auf den Krankenwagen warteten, wollte sich Dr. Randolph, der Betriebsarzt der Hühnerfarm, Harolds Verletzung ansehen, doch dieser preßte ein Taschentuch an den Hals und winkte ab. Mittlerweile hatte er sich wieder vollkommen im Griff. Mulder nutzte die Zeit, um den Namen des toten Mädchens in Erfahrung zu bringen und die Zeugen zu befragen.

Scully stand in einer Ecke der Halle und schaute dem Treiben zu, ohne es wirklich wahrzunehmen. Sie war so nah dran gewesen, die Sache friedlich zu lösen. Wenn Arens sich nur noch einen Moment zurückgehalten hätte . . .

Doch sie konnte ihm keinen Vorwurf machen. Sie sah zum Sheriff hinüber, der, ebenfalls vollkommen in Gedanken versunken, auf der anderen Seite des Raumes stand. Wahrscheinlich spielte er den Ablauf der Ereignisse wieder und wieder durch und versuchte ihn zu begreifen. Vielleicht hatte er etwas gesehen, das Scully entgangen war. Vielleicht hatte sie sich nur eingebildet, daß Paula langsam ruhiger geworden war . . .

Als die Sanitäter erschienen, gab Harold einigen Arbeitern die Anweisung, den Trog zu entleeren. Die dickflüssige Masse verschwand gurgelnd durch ein Ablaufrohr, und Paulas Leichnam kam langsam zum Vorschein.

Erst als die Sanitäter die Leiche abtransportiert hatten, erlaubte Harold dem Arzt, seine Wunde zu untersuchen und zu verbinden. Scully hatte den Eindruck, daß er nun bereit war, auf ihre Fragen zu antworten.

Und sie war bereit, sie ihm zu stellen.

Sie begann mit der einfachsten: „Haben Sie eine Ahnung, was sie zu diesem Angriff veranlaßt hat?"

Harold schüttelte den Kopf. „Nicht die geringste."

„Hat sie sich kürzlich wegen irgend etwas beklagt oder sich seltsam verhalten?"

Wieder schüttelte er den Kopf, dieses Mal jedoch nachdrücklicher. Der Schmerz, den die Bewegung verursachte, ließ ihn für einen Moment die Augen schließen. „Nein. Nichts dergleichen. Paula war meine aufgeweckteste und vernünftigste Mitarbeiterin. Ich kann mir einfach nicht vorstellen, was sie dazu getrieben hat."

In diesem Augenblick fiel Mulder auf, daß Dr. Randolph, der sein Verbandszeug zusammenräumte, für den Bruchteil einer Sekunde die Nase kraus zog.

„Und wie steht es mit Ihnen, Dr. Randolph?" fragte er aufs Geratewohl. „Haben Sie eine Idee?"

Randolph sah den FBI-Agenten an, als wäre er soeben beim Lügen ertappt worden. Er hatte eine dünne Nase und schmale Lippen und erweckte auch ohne seinen schuldigen Augenaufschlag den Eindruck, als hätten ihn seine Schuhe bereits seit dem dritten Schuljahr schmerzhaft gedrückt.

„Wenn Sie nun mit mir fertig sind . . .", sagte Harold schroff und erhob sich. „Ich habe hier noch einen Betrieb zu führen." Mit federnden Schritten ging er davon.

„Kommen Sie morgen vorbei, damit ich mir das noch einmal ansehen kann. Ich will mich vergewissern, daß sich nichts entzündet“, rief ihm Dr. Randolph hinterher.

Im Weitergehen warf Harold einen nachlässigen Blick über die Schulter. Er nickte gereizt. „Sicher, Doc, sicher.“ Dann trat er zu den Arbeitern, die noch immer aufgeregt miteinander flüsterten.

Als er die erwartungsvollen Mienen der beiden Agenten bemerkte, mußte Dr. Randolph schlucken. Nun da Harold fort war, hatte er ihre ungeteilte Aufmerksamkeit.

„Paula kam letzte Woche zu mir“, begann er langsam. „Sie klagte über ständige Kopfschmerzen und sagte, sie sei sehr reizbar . . . und könne nicht schlafen.“

„Haben Sie herausgefunden, was ihr fehlte?“ fragte Scully.

Mit einem leisen Seufzer schüttelte Dr. Randolph den Kopf. Fast entschuldigend antwortete er: „Ich bin nur ein Betriebsarzt. Normalerweise behandle ich kaum etwas Ernsteres als harmlose Handverletzungen. Ich, äh, ich bin ein bißchen überfordert, wenn es um psychische Probleme geht.“

„Dann haben Sie keine organische Ursache gefunden?“ hakte Scully nach.

„Ich habe sie zur Computertomographie und zum EEG ins Bezirkskrankenhaus geschickt“, erwiderte der Arzt achselzuckend. „Beide Untersuchungsergebnisse waren ganz normal. Also habe ich angenommen, daß ihre Gesundheitsprobleme durch Streß verursacht wurden.“

Streß kann einen Menschen zu vielem treiben, dachte Scully, während sie nachdenklich vor sich hin starrte. Auch eine Geiselnahme war denkbar, aber . . . aber eigentlich brauchte es mehr als nur eine Woche, um einen derartigen Zusammenbruch auszulösen, wie sie ihn bei Paula Gray miterlebt hatte. „Könnte es eine Fließbandhypnose gewesen sein?"

„Wie ich schon sagte, ich bin zu so einer Diagnose nicht qualifiziert", erklärte Dr. Randolph kategorisch und zupfte nervös an seiner dünnen Nase.

Jetzt mischte sich Mulder ein. „Aber Sie können uns erzählen, ob George Kearns mit den gleichen Symptomen zu Ihnen gekommen ist."

Die Augen des Arztes weiteten sich vor Verblüffung. „Wie . . . ja. Sie hatten beide die gleichen Symptome."

„Wie haben Sie sie behandelt?" fragte Scully.

„Ich habe beiden ein Schmerzmittel gegen Kopfschmerz verordnet. Kodein."

Scully nickte und wandte sich an Mulder. „Ich denke, eine Autopsie an Paula Gray könnte uns weiterbringen."

Doch bevor Mulder etwas entgegnen konnte, meldete sich Dr. Randolph zu Wort. „Ich fürchte, ich kann diese Autopsie nicht anordnen. Sie werden mit Mr. Chaco sprechen müssen."

„Warum das?" Mulder hob die Augenbrauen.

Dr. Randolph schien überrascht, daß die Agenten nicht im Bilde waren. „Ja, wußten Sie das nicht? Walter Chaco ist ihr Großvater – und ihr gesetzlicher Vormund."

Walter Chacos Villa sah genauso aus, wie Scully sich

das Heim des reichsten Mannes der ganzen Gegend vorgestellt hatte. Majestätisch erhob sie sich auf einem Hügel hoch oben über der Stadt, eine gepflegte baumgesäumte Zufahrt führte zu dem kiesbestreuen weitläufigen Vorplatz hinauf. Die Vorderfront wurde von weißen Säulen geziert, die sich dem Himmel entgegenstreckten und dem stattlichen Gebäude eine zwar altmodische, aber unvergängliche Eleganz verliehen. Scully konnte sich gut vorstellen, daß ein Haus wie dieses bei der Beschreibung von Tara Pate gestanden haben könnte.

Nachdem Mulder und Scully geläutet hatten, wurden sie in die palastartige Empfangshalle vorgelassen. Ihnen blieb nicht viel Zeit, das edle Mobiliar zu bewundern, mit dem die Halle ausgestattet war – schon war die stämmige Hausdame wieder zur Stelle. Während sie durch das riesige Wohnzimmer geführt wurden, bemerkte Scully einen kleineren Raum, durch dessen offene Tür primitive Kunstgegenstände und Artefakte zu sehen waren, die nicht so recht zu dem sonstigen Ambiente des Hauses passen wollten.

Die Hausdame geleitete sie zu einem Garten auf der Rückseite des Anwesens, dessen Ausmaße einer Plantage alle Ehre gemacht hätten – und für einen Moment glaubte Scully, in der Ferne Hunderte von Feldarbeitern bei ihrem beschwerlichen Tagewerk entdecken zu können.

Tatsächlich arbeitete in diesem Garten nur ein einziger Mann. Er befand sich nicht weit vom Haus entfernt, bei einem stabilen Käfig, in dem sich einige Dutzend preisgekrönter Hühner tummelten. Sein Haar war grau, an den Schläfen weiß, und auch in seinem Schnurrbart fanden sich beide Schattierungen. Dennoch machte der Mann einen gesunden Eindruck und strahlte derart viel Energie und Kraft aus, daß Scully vermutete, daß er noch diesseits der Sechzig war. Er trug zerknitterte, abgenutzte Arbeitskleidung und hielt einen Kübel in der Hand, aus dem er den Hühnern eine Handvoll Futter nach der anderen in den Käfig warf.

„Mr. Chaco?“ fragte Mulder respektvoll.

Der Mann seufzte, drehte sich aber nicht zu ihnen um. „Diese Hühner zu füttern“, sagte er ruhig, „hilft mir, meine Gedanken zu ordnen.“ Er streute noch mehr Futter in den Käfig.

„Es sind perfekte Geschöpfe“, fuhr er fort. „Wir essen ihr Fleisch, wir schlafen auf Kissen, die mit ihren Federn gefüllt sind.“ Eine weitere Handvoll Futter. „Es gibt nicht viele Menschen, die so nützlich sind wie diese Hühner.“

Scully haßte den Augenblick, der jetzt kommen würde. Den richtigen Zeitpunkt, einen Menschen um die Obduktion eines gelieben Toten zu bitten, gab es einfach nicht, es konnte ihn nicht geben. Die Hinterbliebenen hatten ihr ganze Mitgefühl, und doch war es ihr Job, sie in ihrer Trauer zu stören.

„Es tut uns leid, Sie zu behelligen, Sir“, begann sie vorsichtig. „Wir wissen, daß Sie eine schwere Zeit durchmachen.“

Doch die schreckliche Frage blieb ihr erspart. Als er sich zum ersten Mal zu ihnen umdrehte, kam Walter Chaco selbst auf das Thema zu sprechen.

„Sie wollen eine Autopsie an meiner Enkelin vornehmen?“ fragte er ohne Umschweife, wobei er sie mit seinen harten, stahlgrauen Augen musterte.

Scully nickte, und zu ihrer Überraschung wurde der Ausdruck seiner Augen plötzlich sanfter. Feuchtigkeit schwamm zwischen den Lidern.

„Warum?" Sein Blick wurde noch eindringlicher. „Glauben Sie, Paula hatte eine Krankheit, die sie zu dieser Tat veranlaßt hat?"

Nun machte er den Eindruck eines verletztlichen, müden alten Mannes, und Scully empfand Mitleid mit ihm. Sie wünschte, sie könnte ihm eine eindeutige Antwort geben, doch sie hatte ja noch nicht einmal eindeutige Fragen. „Wir wissen es nicht", gab sie zu und hob unbehaglich die Schultern. „Wir hoffen, es durch die Untersuchung herauszufinden."

Der stählerne Ausdruck kehrte in Chacos Augen zurück. „Ich dachte, Sie würden wegen George Kearns ermitteln", schnappte er. Bei der Erwähnung des Namens verzog er das Gesicht, als hätte er einen fauligen Geschmack im Mund.

Diese abrupte Änderung seines Verhaltens überrumpelte Scully, und sie mußte sich ins Gedächtnis rufen, daß sie es nicht mit einem zerbrechlichen Greis zu tun hatten. Währenddessen beantwortete Mulder die Frage des alten Mannes.

„Das ist richtig", bestätigte er. „Aber wir vermuten, daß es eine Verbindung zwischen Kearns' Verschwinden und dem . . . Unglück ihrer Enkeltochter geben könnte."

„Was für eine Verbindung?"

„Das wissen wir noch nicht", gestand Mulder. „Aber es wäre möglich, daß sie beide unter derselben neurologischen Störung gelitten haben."

Walter Chaco schien nachzudenken. Seine Augen

wanderten von Mulder zu Scully und wieder zurück und fixierten schließlich einen unsichtbaren Punkt zwischen den beiden Agenten. „Wissen Sie, als ich nach dem Krieg hierherkam, war Dudley nur ein Haufen Schlamm." Sein Blick verlor sich im Unendlichen. „Ich habe das Werk aufgebaut und meiner ganzen Familie Arbeit gegeben. Wir haben diese Stadt zu einem der größten Hühnerfleischlieferanten des Landes gemacht. Das hätten wir mit Unruhestiftern und Faulenzern niemals geschafft."

Scully bemerkte, daß eine fast hypnotische Kraft von ihm ausging. Es waren nicht so sehr seine Worte, sondern vielmehr die Energie, die Leidenschaft und das Charisma, die er in seine Erzählung legte. Es fiel ihr nicht schwer, sich vorzustellen, wie Chaco zum reichsten und mächtigsten Mann der Stadt geworden war.

„Ich vermute", sagte sie langsam, „Sie sprechen von George Kearns."

Chaco blitzte sie an. Seine stahlblauen Augen funkelten wie Polareis in der Mittagssonne. „Männer wie George Kearns bauen niemals etwas auf", entgegnete er. „Sie reißen nur ein."

Scully fragte sich, ob das als Motiv ausreichen würde, einen Menschen zu ermorden – oder umbringen zu lassen. „Demnach wußten Sie von seiner Empfehlung, das Werk zu schließen?"

Falls Chaco ahnte, was ihm Scully damit unterstellte, so ließ er es sich nicht anmerken. Er bückte sich und stellte den inzwischen leeren Futtereimer auf den Boden. „Wissen Sie", seufzte er, „lange zu leben ist nur ein halber Segen." Er richtete sich mühsam auf, und zum zweiten Mal erweckte er den Eindruck eines müden alten Mannes. „Sie verbringen Ihre Jugend damit, etwas aufzubauen, für sich selbst, für Ihre Familie und für Ihre Gemeinde." Ein trauriger Ausdruck erschien auf seinem Gesicht, und seine Stimme klang bitter. „Nur um dann im hohen Alter zuzusehen, wie Ihnen alles wieder genommen wird."

Erneut empfand Scully großes Mitgefühl. Obwohl sie sich bemühte, eine objektive und distanzierte Haltung zu wahren, konnte sie fühlen, wie sie sich von Chaco beeinflussen ließ. Mehr und mehr begann sie die Dinge aus seinem Blickwinkel zu sehen. Seine Überzeugungskraft war so überwältigend, daß es ihr vorkam, als spielte Musik im Hintergrund, sobald er den Mund aufmachte. Er würde es weit bringen, sollte er sich jemals entschließen, Politiker zu werden – oder Demagoge.

Der alte Mann ging fort, und plötzlich fiel Scully auf, daß er ihnen die Erlaubnis zur Obduktion noch nicht erteilt hatte. Als könne er ihre Gedanken lesen, begann er genau in dem Moment zu sprechen, in dem ihn Scully daran erinnern wollte.

„Machen Sie Ihre Autopsie", rief er, während er die Hintertreppe zu seiner Villa emporstieg. „Ich möchte wissen, was mit meiner Enkelin geschehen ist." Und mit diesen Worten verschwand er in den geräumigen Weiten seines Hauses.

7

„Es überrascht mich, daß er nicht Bürgermeister ist“, bemerkte Scully, während sie in die Stadt zurückfuhren.

„Mich überrascht, daß er nicht *König* ist“, gab Mulder lachend zurück.

Am Leichenschauhaus ließ Mulder Scully aussteigen und setzte seinen Weg fort, um weitere Nachforschungen über Paula Gray anzustellen.

Scully machte sich sofort an die Arbeit und bereitete den Leichnam der jungen Frau zum Sezieren vor. Da eine Veränderung in ihrem Verhalten zu Paulas Tod geführt hatte, beschloß Scully, zuerst im Gehirn der Toten nach der Ursache zu forschen. Kaum hatte sie die Schädeldecke geöffnet, wußte sie auch schon, daß sie auf der richtigen Spur war. Dieses Gehirn wies eindeutige Zeichen einer organischen Beschädigung auf – das Gewebe sah alles andere als gesund aus.

Scully präparierte einen Objektträger und legte eine hauchdünne Scheibe des Gewebes auf das Glas. Dann beugte sie sich über das Mikroskop und stellte die Optik scharf: Statt einer gleichmäßigen Fläche grauer Strukturen bemerkte sie Dutzende von kleinen Löchern.

Scully atmete tief durch. Einen so seltenen Befund hatte sie nicht erwartet.

Genau in diesem Augenblick betrat Mulder mit einem Aktenordner in der Hand das Labor. Er schien vor Neuigkeiten fast zu bersten, doch Scully ließ ihn nicht zu Wort kommen.

„Ich schätze, wir haben hier etwas, Mulder“, sagte sie und führte ihn zum Mikroskop. „Sehen Sie sich das an.“

Neugierig geworden setzte er sich an den Arbeitstisch. „Und was sehe ich mir da an?“ fragte er, als er sich vorbeugte, um sein Auge an das Okular zu legen.

„Es ist eine Probe von Paula Grays Gehirn . . .“

Eine Millisekunde hielt Mulder in der Bewegung inne, aber dann betrachtete er das stark vergrößerte Bild des Gehirngewebes. Im Gegensatz zu Scully war er kein geübter Pathologe, doch selbst er erkannte, daß die unregelmäßigen Löcher in dem Gewebe nicht besonders gut aussahen.

„Was ist das?“ fragte er.

„Sie litt an einer seltenen degenerativen Störung namens Creutzfeld-Jakob-Krankheit.“

Langsam wiederholte Mulder die fremdartige Bezeichnung, wobei er sich bemühte, Scullys Aussprache nachzuahmen.

Scully nickte. „Charakteristisch für diese Krankheit ist die Bildung schwammartiger Löcher im Gewebe des Gehirns.“

Mulder stellte fest, daß er genau das durch das Mikroskop sah. Er schaute zu seiner Partnerin auf.

„Warum wurde das bei den Untersuchungen vor ihrem Tod nicht festgestellt?“

„Ohne eine Autopsie kann diese Krankheit praktisch nicht diagnostiziert werden.“ Für einen Augenblick dachte Scully an ihre eigenen begrenzten Kenntnisse in bezug auf den vorliegenden Befund.

„Außer in medizinischen Fachbüchern habe ich ein derart infiziertes Gewebe nur ein einziges Mal gesehen, und das war noch während meines Medizinstudiums."

„Könnte das der Grund sein, daß sie Jess Harold angegriffen hat?" Mulder war aufgestanden und fuhr sich nachdenklich mit der Hand durchs Haar.

„Sicher. Die Opfer der Creutzfeld-Jacob-Krankheit leiden unter zunehmender Demenz, gewalttätigen Anfällen . . ."

Beiläufig sah Mulder auf die Leiche hinab, die bis zum Hals unter einem Laken verborgen auf dem Untersuchungstisch ganz in der Nähe des Mikroskops lag. Trotz der Tatsache, daß ihre Schädeldecke entfernt worden war, wirkte Paulas jugendliches Gesicht erstaunlich friedlich.

„Ist die Krankheit tödlich?"

„Ja, das kann man wohl sagen. Dieses Mädchen hier wäre innerhalb von einem Monat gestorben."

Mulder trat näher an den Leichnam heran. Eingehend musterte er das Gesicht und versuchte zu begreifen, was er da sah.

„Nur, daß das kein Mädchen mehr war", sagte er bedächtig, entnahm dem Ordner einige Papiere und reichte sie seiner Partnerin. „Das ist ihre Personalakte, Scully. Lesen Sie sie."

Scully studierte die offiziell aussehende, maschinengeschriebene Personalakte in ihrer Hand, während Mulder auf einen bestimmten Eintrag zeigte, auf Paula Grays Geburtsdatum.

Das Datum ‚6. Januar 1949' war sauber in das dafür vorgesehene Kästchen eingetragen worden.

„Neunzehnhundert*neunundvierzig*?“ platzte Scully heraus.

Mulder deutete auf den Leichnam. „Was bedeutet, daß diese Frau, Chacos Enkeltochter, fast fünfzig Jahre alt war.“

Scully las die Ziffern noch einmal. „Das . . . das ist unmöglich. Das muß ein Tippfehler sein.“

Mulder zuckte die Schultern. „Dann ist jedes Datum in diesem Formular, das Jahr ihres Schulabschlusses, das Jahr, in dem sie anfing zu arbeiten, ebenfalls ein Tippfehler.“

Konsterniert betrachtete Scully die Leiche auf dem Untersuchungstisch. „Mulder, das ergibt keinen Sinn. Es muß einfach ein Fehler sein.“

„Finden wir es heraus“, meinte Mulder gleichmütig. „Ihre Geburtsurkunde müßte in den Akten des zuständigen Bezirksgerichts zu finden sein.“ Dann grinste er. „Wer weiß, Scully. Vielleicht stellt sich heraus, daß diese Sache noch viel interessanter ist als ein Irrlicht.“

8

Die frühe Nachmittagssonne, die durch die Äste der Bäume am Straßenrand schien, zauberte gekräuselte, veränderliche Muster aus Licht und Schatten auf die Straße, als sie zum Gerichtsgebäude fuhren. Parallel zur Straße wiederholte sich das Muster in der Strömung des träge dahinfließenden Flusses, der sich seinen Weg durch die kleine Stadt bahnte.

Mulder saß am Steuer. Er hatte noch einige Fragen zu der Krankheit mit dem seltsamen Namen, die Scully bei der Autopsie von Paula Gray festgestellt hatte.

„Wie war noch der Name dieser Krankheit, Scully?“ fragte er. „Kramer-Dingsda?“

Scully lächelte. „Creutzfeld-Jacob.“

„Das war es“, entgegnete Mulder ebenfalls lächelnd. „Wie wahrscheinlich ist es, daß zwei Menschen in einer Stadt daran erkranken?“

„Denken Sie an George Kearns?“

Mulder machte eine vage Geste. „Er hatte die gleichen oder wenigstens sehr ähnliche Symptome, richtig?“

Aber Scully schüttelte den Kopf. „Das ist eine sehr seltene Krankheit. Es ist nahezu unmöglich, daß Paula Gray und George Kearns beide daran gelitten haben.“

„Kann sie sich vielleicht bei ihm angesteckt haben?“

Wieder schüttelte Scully den Kopf. „Sie kann vererbt werden, aber sie ist nicht ansteckend. Daß zwei Menschen in derselben Stadt, die nicht miteinander verwandt sind, beide daran erkranken, ist . . ."

Mulder sah zu ihr hinüber und unterbrach sie, um den Satz selbst zu beenden. „. . . ist immer noch wahrscheinlicher, als daß Paula Gray schon fast ein halbes Jahrhundert alt war."

Scully seufzte. Paula Grays Alter war eine Frage, auf die sie in wenigen Minuten eine Antwort erhalten würden – sobald sie ihre Geburtsurkunde überprüfen konnten. Scully war davon überzeugt, daß sie nichts Ungewöhnliches finden würden, abgesehen von dem Beweis für die Fehlerhaftigkeit der Personalakte. Wenn es aber doch kein Fehler war . . . Sie wollte nicht einmal darüber nachdenken, was das bedeuten könnte. Mit einem erneuten Seufzen richtete sie ihren Blick nach vorn.

Gerade noch rechtzeitig.

„Mulder, passen Sie auf!"

Ruckartig erwachte Mulder aus seinen Grübeleien und konzentrierte sich wieder auf die Straße. Ein Lastwagen von Chaco Chicken kam ihnen entgegen. Er schleuderte über die schmale Landstraße, und Mulder konnte die wild herumschwankende Gestalt des Fahrers hinter dem Lenkrad erkennen. Trotz der Entfernung, trotz des entfesselten Fahrzeugs hätte Mulder schwören können, daß der Fahrer wie wahnsinnig die Augen verdrehte. Es gab nicht die geringste Hoffnung, daß der Mann sein Fahrzeug rechtzeitig wieder unter Kontrolle bringen würde.

Mulder fixierte den heranrasenden Laster. Seine Schleuderbewegungen waren vollkommen unberechenbar, weshalb Mulder nicht abschätzen konnte, ob er nun nach rechts oder nach links ausweichen sollte. Wenn er sich für die falsche Seite entschied . . .

Angesichts der Uferpfähle links neben der Straße, mußte der Fluß gleich unterhalb der Fahrbahn verlaufen – auf der rechten Seite wurde sie von Bäumen begrenzt. Ganz gleich, auf welcher Seite er es versuchte, ihm blieb wenig Platz zum Manövrieren, und wenn der Truck ihren Wagen auch nur ein bißchen streifte, würden sie entweder gegen einen Baum rasen oder wie ein Stein im Wasser versinken.

Mulder wartete bis zum allerletzten Augenblick, ehe er sich entschied. Einige endlose Sekunden fuhr der Truck direkt in der Straßenmitte, ohne nach rechts oder links zu schleudern. Mulder wußte, daß er keine Zeit mehr zu verlieren hatte, und wollte den Wagen gerade nach links steuern – als er bemerkte, daß sich der Lastwagenfahrer in dieselbe Richtung lehnte.

Hastig riß er das Lenkrad nach rechts, und der Wagen schoß, der Bewegung folgend, mit atemberaubender Geschwindigkeit auf die Bäume zu. Der Laster verfehlte sie nur um wenige Zentimeter.

Erneut zerrte Mulder am Lenkrad, um von den Bäumen wegzukommen, dann versuchte er, das Steuer ruhig zu halten. Nur noch die linken Räder befanden sich auf der Fahrbahn, die rechten holperten über die Wurzeln der Bäume am Straßenrand, deren Nähe Scully um ihr beider Leben bangen ließ. Endlich konnte Mulder den Wagen auf die Straße zurückbringen und ihn ausrollen lassen.

Den Lastwagen traf es weniger glücklich. Er raste über den linken Straßenrand hinaus, flog über die

Uferbegrenzung und stürzte dann zehn Fuß tief in den Fluß.

Mulder und Scully sprangen aus ihrem Wagen und liefen auf die tiefen Reifenspuren zu, die die Stelle markierten, an der der Lastwagen von der Straße abgekommen war. Als sie die Böschung erreichten, sahen sie den Truck mit der Fahrerkabine voran im Wasser liegen. Auf dem Heck, das nun unerwartet steil in den Himmel ragte, prangte ein Sticker mit der Aufschrift: *Wie gefällt Ihnen mein Fahrstil?*

„Rufen Sie einen Krankenwagen!“ rief Mulder Scully zu, während er sich daran machte, zum Fluß hinunterzuklettern, um den Fahrer zu bergen. Doch Scully hatte ihr Funktelefon schon längst in der Hand.

Auf der Ladefläche des Lastwagens türmten sich Kunststoffkäfige mit lebenden Hühnern, die unterwegs zu Chacos Hühnerverarbeitungsbetrieb gewesen waren. Während er sich an ihnen vorbeitastete, konnte Mulder das panische Gackern von Hunderten von Vögeln hören. Einige der Körbe lagen unter der Oberfläche des schmutzigroten, faulig riechenden Wassers, und die in ihnen gefangenen Tiere waren vermutlich schon ertrunken.

Aber Mulder sah, daß die Fahrerkabine noch aus dem Wasser ragte. Die Motorhaube war zerbeult und aufgerissen, und die Frontscheibe war geborsten, doch wenn der Fahrer den Aufprall überlebt hatte, so konnte er in der Kabine zumindest atmen.

Mulder kletterte an der Seite des Lastwagens entlang, wobei er sich an den Käfigen festklammerte, um nicht in den Fluß zu fallen. *Was ist bloß mit dem Wasser*, fragte er sich unwillkürlich, als er einen Blick nach unten warf. Es sah rot und dickflüssig aus, und der Gestank, der von ihm ausging, war beinah unerträglich.

Endlich erreichte er die Fahrerkabine, doch als er durch die verschmierte Seitenscheibe blinzelte, erkannte er, daß es zu spät war. Der Fahrer war offensichtlich nicht angeschnallt gewesen. Sein Körper war es, der die Windschutzscheibe zerschmettert hatte, als der Truck auf dem Grund des stinkenden Wassers aufgeschlagen war. Der Mann war tot.

Innerhalb weniger Minuten verwandelte sich die sonst so stille Landstraße in einen bunten Jahrmarkt heulender Sirenen und rotierender Signalleuchten. Polizeifahrzeuge, Ambulanz und ein Abschleppwagen, begleitet von einer ganzen Prozession aus Lieferfahrzeugen der Hühnerfarm, hatten sich am Unfallort eingefunden. Geleitet wurde die ganze Parade von Sheriff Arens.

Während die Werksmitarbeiter damit beschäftigt waren, die Käfige aus dem Unfallfahrzeug in die wartenden Lieferwagen umzuladen, wurde der Leichnam des Fahrers aus der Kabine befreit und in den Krankenwagen gebettet. Schließlich befestigte der Fahrer des Abschleppwagens eine schwere Kette an der hinteren Stoßstange des Trucks und begann mit röhrenden Motoren das verunglückte Fahrzeug aus dem Wasser zu ziehen.

Mulder beobachtete die Arbeiten, als Scully ihr Telefongespräch beendete und sich zu ihm gesellte.

„Ich habe gerade mit Dr. Randolph auf der Hühnerfarm gesprochen“, berichtete sie leise. „Er hat mir erzählt, daß der Fahrer unter den gleichen Symptomen gelitten hat wie Paula Gray und George Kearns."

Mit dieser Mitteilung hatte Mulder insgeheim gerechnet – der irre Ausdruck auf dem Gesicht des Lastwagenfahrers ging ihm nicht aus dem Sinn. „Dann denken Sie also, daß er das dritte Opfer der Creutzfeld-Jacob-Krankheit sein könnte?" fragte er ebenso leise.

Scully nickte.

Sofort hakte Mulder nach: „Aber Sie haben mir doch gerade erzählt, daß schon zwei Fälle statistisch unmöglich sind."

„Das wären sie . . ." begann Scully. „Außer . . ." Sie hielt inne, entschloß sich dann aber doch fortzufahren. „Mulder . . . mir ist da ein böser Gedanke gekommen."

Sie fragte sich, ob sie sich das verschmitzte Zwinkern in Mulders Augen nur eingebildet hatte. Schließlich war es seine Spezialität, ungewöhnliche Theorien zu entwickeln – andererseits machte er stets den Eindruck, ein bißchen stolz auf sie zu sein, sobald sie sich auf dieses Terrain vorwagte. So auch dieses Mal. „Ooh", sagte er, griff nach ihrem Arm und zog sie von den Deputysheriffs fort. „Ich höre."

Nachdem sie die Straße ein Stück hinuntergegangen waren, versuchte Scully, ihre Gedanken in Worte zu fassen. „Erinnern Sie sich an die Futtermühle im Werk? Was ist, wenn jemand Kearns' Leichnam da rein gesteckt hat?"

Mulder schüttelte den Kopf. Er konnte ihrer Logik noch nicht folgen. „Sie sagten, es wäre nicht anstekkend", erinnerte er sie.

„Sie können sich nicht wie bei einer Grippe anstekken“, erklärte sie. „Sie wird nicht durch Viren übertragen – es ist eine Prionenkrankheit.“

„Und was bedeutet das?“

„Die Hühner könnten infiziert sein, wenn sie etwas von dem befallenen Gewebe gefressen haben.“ Sie schwieg einen Augenblick, ehe sie auf den Punkt kam. „Dann könnte jeder die Krankheit bekommen, der die Hühner ißt.“

Mulder ließ die neue Information auf sich wirken. Auf diese Weise könnte es tatsächlich zu der auffälligen Häufung der Fälle gekommen sein. „Dann wäre jeder Mensch in Gefahr, der Hühner aus Dudley ißt, richtig?“

Scully nickte widerwillig. Es fiel ihr schwer, sich mit ihrer eigenen Theorie anzufreunden. „Das ist möglich. In England hat man schon ganze Rinderherden getötet und verbrannt, nur um zu verhindern, daß Menschen von Rinderwahn befallen werden können.“

Nachdenklich schürzte Mulder die Lippen. Die Idee war zwar nicht dumm, doch sie ging nicht auf. „Scully, Hühner aus Dudley werden im ganzen Land verkauft. Wenn Sie mit Ihrer Vermutung recht hätten, dann hätten wir es mit einer Epidemie zu tun und nicht mit ein paar Einzelfällen.“

Genau davor hatte Scully Angst. Sie war sogar bereit gewesen, das staatliche Seuchenkontrollzentrum zu informieren, doch sie sah sofort ein, daß Mulder recht hatte: wenn die Krankheit von den Hühnern verbreitet würde, dann wäre die Epidemie bereits ausgebrochen. Blieb der beunruhigende Gedanke, daß drei Menschen an der seltenen Krankheit gestorben waren.

Mulder blickte zu Sheriff Arens hinüber, der mit den Fahrern des Krankenwagens sprach. Sie waren abfahrbereit, und der Sheriff schien sein Gespräch mit ihnen so gut wie beendet zu haben.

„Sheriff?“ rief Mulder.

Arens sah auf und nickte. Als sich die Ambulanzfahrer auf den Weg machten, winkte er ihnen noch einmal zu und kam dann zu Mulder und Scully herüber.

„Yep?“ Wie üblich lächelte Arens sie voller Hilfsbereitschaft an.

Mulder deutete auf das rote, stinkende Wasser des träge dahinkriechenden Flusses. Von der kaum vorhandenen Strömung stieg ein schwerer Fäulnisdunst auf.

„Was ist mit dem Wasser los?“ fragte Mulder.

Arens blickte auf den Fluß hinunter, als wäre ihm noch nie etwas Besonderes aufgefallen. „Ach, das sind nur die Abwässer aus dem Werk“, erklärte er fast fröhlich. „Hauptsächlich Hühnerdreck. Außerdem etwas Blut und nicht verwertbare Teile der Vögel.“

Plötzlich kam Mulder ein Gedanke. „Ist der Fluß abgesucht worden, nachdem Kearns verschwunden ist?“

Sheriff Arens lachte. „Machen Sie Witze? Da könnten wir ebensogut eine Nadel im Heuhaufen suchen.“ Nun lachte er noch lauter.

Mulder wartete Arens’ Heiterkeitsausbruch mit freundlicher Miene ab. Als sich der Mann wieder beruhigt hatte, sagte er in bestimmtem Ton: „Ich möchte, daß der Fluß so schnell wie möglich abgesucht wird.“

Von einer Sekunde auf die andere verschwand das Lächeln aus Arens' Gesicht, und an seine Stelle trat der Ausdruck grenzenloser Verwunderung. „Warum ... warum sollten wir das tun?"

Gedankenverloren starrte Mulder auf das trübe, stinkende Wasser. Da war etwas ... er konnte es förmlich spüren. Endlich besann er sich auf Arens' Frage und erwiderte: „Um zu sehen, was drin ist."

Erneut sah Arens auf den Fluß hinunter, wobei er offensichtlich versuchte, nicht nur Mulders Ernsthaftigkeit, sondern auch die Wasserbeschaffenheit zu beurteilen. „Gut, hören Sie", meinte er schließlich, „das ist ein dreckiger Job, und ich reiße mich nicht gerade darum, ihn zu erledigen – besonders, solange ich nicht einmal weiß, was Sie zu finden hoffen."

Mit leicht zusammengekniffenen Augen taxierte Mulder sein Gegenüber. Dann schob er die Hände in die Manteltaschen. „Gar nichts, Sheriff. Ich *hoffe* gar nichts."

Arens rührte sich nicht. Er schien weder verärgert noch verwirrt zu sein, obwohl es ihm allem Anschein nach die Sprache verschlagen hatte. Er stand einfach nur da, als hätte ihn Mulders Anordnung zur Salzsäule erstarren lassen, und Scully hatte den Eindruck, daß Arens offenbar glaubte, Mulder würde sein verrücktes Ansinnen einfach zurücknehmen ... wenn er nur lange genug wartete.

Doch Mulder gab nicht auf. „Hören Sie, Sheriff", begann er, und der nüchterne Klang seiner Stimme verdeckte seinen Ärger über Arens' Sturheit. „Wenn Sie es nicht tun wollen, dann werde ich ein paar von meinen Leuten anfordern, um das zu erledigen."

Völlig überraschend erwachte der Sheriff aus seiner Reglosigkeit, und das jungenhafte Grinsen erschien wieder auf seinem Gesicht. „Ich werde das erledigen, kein Problem.“ Seine Stimme klang, als freute er sich, helfen zu können – er erinnerte an einen Tankwart, der einem Reisenden anbietet, das Öl zu kontrollieren.

Als er davonbrauste, um alle Vorbereitungen zu treffen und die notwendige Ausrüstung anzufordern, trat Scully einen Schritt näher an Mulder heran, wobei sie ihn mit einem fragenden Gesichtsausdruck musterte. Sie war kaum weniger verwirrt als der Sheriff.

„Das ist nur so ein Gefühl“, beeilte sich Mulder zu erklären. „Falls Kearns nicht einfach die Stadt verlassen hat . . . falls ihn jemand wegen des Inspektionsberichts ermordet hat . . . und falls sein Leichnam nicht in der Futtermühle gelandet ist . . . dann muß er doch irgendwo zu finden sein.“

Noch einmal starrte er auf das trübe Wasser herab. Ja, da war etwas . . . Es war ein guter Platz, um eine Leiche verschwinden zu lassen.

Sheriff Arens stand zu seinem Wort.

Er übermittelte das Ersuchen an das zuständige Wasser- und Schiffahrtsamt, und bereits nach einer Stunde war der Zufluß stromaufwärts geschlossen, und der Wasserstand fiel rapide. Bald darauf waren etliche Beamte auf Gummiflößen damit beschäftigt, das Flußbett mit großen Netzen abzusuchen.

Mulder, Scully und Arens sahen vom Ufer aus zu. Mulder machte einen nervösen Eindruck und lief unentwegt auf und ab. Solange die Möglichkeit bestand, daß er im Irrtum war . . .

Dann hörten sie ein aufgeregtes Rufen. Die Männer auf einem der Flöße zogen ihr Netz wieder ein, und einer wandte sich um und winkte Arens und den FBI-Agenten hektisch zu, während die anderen weiter an dem Netz zerrten, bis es schließlich ganz auf dem Floß lag. Danach ruderten die Männer zu einem kurzen hölzernen Bootsanleger, der vom Ufer aus auf den Fluß hinausragte.

„Ob sie Kearns gefunden haben?“ überlegte Mulder lauter als beabsichtigt.

„Finden wir es doch heraus“, entgegnete der Sheriff, und sie eilten gemeinsam zu dem Bootssteg hinüber.

Als sie über die alten, gefährlich knirschenden Holzbohlen liefen, befürchtete Mulder einen Augenblick, die Konstruktion könne der Belastung nicht standhalten. Doch nachdem Arens' Mitarbeiter ihr Netz auf das Ende des Stegs gehievt hatten, vergaß er diese Sorge.

Das Netz war voller Knochen, die tropfnaß und leicht veralgt in der Sonne schimmerten. Diese Tatsache hätte Mulder als kleinen Triumph werten können, hätte es da nicht ein Problem gegeben.

Das Netz war *zu* voll. Es waren viel zu viele Knochen, um nur von einer Person zu stammen. Auf den ersten Blick erkannte Mulder, daß sie die Überreste von mindestens fünf Menschen vor sich hatten.

Falls der Leichnam George Kearns' in diesem Fluß versenkt worden war, so hatte er offensichtlich Gesellschaft gehabt. Zahlreiche Gesellschaft.

9

Den Rest des Nachmittags verbrachten die Beamten damit, den Fluß nach weiteren Gebeinen abzusuchen, und sie zogen im Laufe der Stunden noch einige volle Netze heraus.

Sofort nach ihrem Fund wurden die Knochen zur Leichenhalle transportiert und wenig feierlich auf dem Fußboden des forensischen Labors gestapelt. Binnen kurzer Zeit wuchs der Haufen zu einem gräßlichen Berg heran, und Scully verbrachte etliche Stunden mit dem Versuch, die Knochen zu sortieren und einzelnen Personen zuzuordnen.

Mulder fuhr ständig zwischen dem Fluß und dem Labor hin und her. Als er wieder einmal das Labor betrat, fand er Scully vor einem kleinen Knochenhaufen, zu dem ein Stück eines Brustkorbs, ein unvollständiges Becken und ein Unterarmknochen zählten. Scully hielt den großen Oberschenkelknochen in der Hand und untersuchte ihn mit Hilfe einer viereckigen Lupe.

„Sheriff Arens hat draußen noch mehr“, kündigte Mulder an. „Und als wir abgefahren sind, haben sie immer noch Knochen aus dem Fluß gezogen.“

Scully nickte. Dies würde eine verdammt lange Nacht werden. „Na ja . . .“ Sie sah Mulder an, der sich neben ihr niederhockte. „Bis jetzt konnte ich neun verschiedene Skelette zuordnen.“ Mit der Fingerspitze deutete sie auf die Knochen vor ihren Füßen. „Dieses hier war einmal George Kearns.“

„Wirklich?“ Mulder war beeindruckt. „Woher wissen Sie das?“

Scully zeigte ihm den Oberschenkelknochen, aus dem ein dünner Stahlstift hervorragte. „Dieser Nagel hier... laut seinen medizinischen Unterlagen hat er sich vor vier Jahren das rechte Bein gebrochen.“

Mulder blickte sich im Raum um. Die teilweise rekonstruierten Skelette lagen sauber zusammengefügt auf dem Boden – und ihm fiel auf, daß unter all den Knochen, die sie bis jetzt auf dem Grund des Flusses gefunden hatten, kein einziger Schädel gewesen war. „Was ist mit den anderen?“

„Tja“, seufzte Scully. „Solange ich keine moderneren Geräte habe, kann ich es nicht ganz sicher sagen, aber ich nehme an, daß einige dieser Knochen über dreißig Jahre alt sind.“

Mit erwartungsvoll erhobenen Brauen musterte Mulder seine Partnerin. Ihre Entdeckung war bemerkenswert, doch sie hatte ihm noch mehr zu sagen.

„Und sie haben alle ein seltsames Detail gemeinsam“, sagte sie prompt.

Mulder dachte an die Besonderheit, die auch ihm aufgefallen war. „Sie scheinen alle den Kopf verloren zu haben...“

„Ja, aber abgesehen davon...“ Scully wies auf einen Knochenhaufen in der Nähe. „Die älteren Knochen haben einen Oberflächenabrieb, wie man es erwarten sollte...“ Dann griff sie erneut nach George Kearns’ Oberschenkelknochen und reichte ihn Mulder. „Aber aus irgendeinem Grund“, fuhr sie fort, „sind alle Knochen, sogar die von Kearns, an den Enden glatt und abgeschliffen.“

Mulder untersuchte den Oberschenkelknochen. Die normale rauhe, bräunliche Oberfläche des Knochens war an den Enden rund und glänzend. „Es sieht aus, als wären sie poliert worden“, murmelte er.

Scully zuckte zustimmend mit den Schultern und erklärte dann mit wenig Überzeugung: „Es könnte an der Erosion durch das Wasser liegen, aber . . .“

„. . . aber der Fluß hat keine nennenswerte Strömung“, führte Mulder den Gedanken weiter. „Außerdem würde sich diese Erosion nicht auf die Knochenenden beschränken.“

Ratlos fixierte Scully die kläglichen Überreste von George Kearns. „Irgendeine Idee?“ fragte sie matt, als Mulder ihr den Knochen zurückgab.

Tatsächlich war Mulder ein vager Gedanke gekommen, der den Zustand der Knochen erklären könnte. Doch selbst Scully wollte er nichts davon erzählen, solange er sich nicht ein wenig sicherer sein konnte. Er zog sein Funktelefon aus der Tasche und wählte eine Nummer.

„Vielleicht“, sagte er leise, verstört von seiner eigenen Idee, während es am anderen Ende läutete.

Viel interessanter als ein Irrlicht, das waren seine Worte gewesen. *Oh, ja*, dachte er nun. *Sehr viel interessanter.*

Draußen im Gang vor der Leichenhalle goß sich Sheriff Arens einen Kaffee ein. Er versuchte es zumindest.

Die Ereignisse des Tages hatten ihn mitgenommen. Seine Hände zitterten, der Kaffee spritzte auf die Tischplatte, und Arens mußte sich zusammenreißen, um die Glaskanne vorsichtig abzustellen. In seine sonst so freundliche Miene trat ein Ausdruck deutlicher Anspannung, als er sich vorbeugte, um die Kaffeeflecken zu entfernen.

Das letzte, was er in diesem Augenblick noch ertragen konnte, war der Anblick von Doris Kearns, die direkt auf ihn zustrebte.

Arens ging ihr einen Schritt weit entgegen. „Doris . . .“ setzte er an.

Einige Meter vor ihm blieb sie stehen, und ihre Hände flatterten aufgeregt auf und ab. Sie wird zusammenbrechen, schoß es Arens durch den Kopf, sie sieht aus, als würde sie jeden Moment zusammenbrechen.

„Ist es wahr?“ fragte sie schließlich. Als Arens, der um Worte rang, nicht sofort antwortete, wurde ihre Stimme flehend. „Bitte sagen Sie es mir einfach.“

Arens konnte es ihr nicht ‚einfach sagen'. Er hob die geöffneten Handflächen zu einer beruhigenden Geste in die Höhe. „Doris, bitte hören Sie mir zu . . .“

Aber Doris hörte nicht zu. Sie wußte instinktiv, was diese Antwort zu bedeuten hatte. „Sie haben ihn gefunden, nicht wahr?“ murmelte sie tonlos. Tief in ihrem Inneren brodelten ungeahnte Gefühle, doch noch hatte sie sich unter Kontrolle.

Noch immer zögerte Sheriff Arens mit seiner Antwort. „Wir haben heute nachmittag einige Leichenteile aus dem Fluß geholt, und . . .“ Arens seufzte. Er konnte es nicht länger aufschieben. „Georges Leichnam war auch dabei.“

Einige scheinbar endlose Sekunden vergingen, und dann wurde Doris Kearns von ihren Gefühlen überwältigt. Während sie zurückwich, schossen ihr die Tränen in die Augen, und in einem zwanghaften Reflex schüttelte sie immer wieder den Kopf.

„Nein . . ." wimmerte sie.

„Es tut mir leid, Doris", sagte Arens wenig hilfreich, während Doris' Wimmern zu einem Schluchzen und schließlich zu einem Schrei anschwoll.

„Nein!" schrie sie gellend. Sie wandte sich ab und stürzte davon.

„Doris!" rief ihr Arens nach. „Machen Sie sich keine Sorgen. Wir werden uns um Sie kümmern! Doris . . .!"

Sie verschwand um die Ecke, und der Sheriff begriff, daß er sie nicht erreichen konnte. Plötzlich wirkten seine jungenhaften Züge müde und abgespannt, und um seine Augen lagen traurige Schatten. Er seufzte. Was war nur los mit dieser Stadt?

Der Verband ging ihm mehr und mehr auf die Nerven.

Jedesmal wenn Jess Harold nickte, wenn er sich bewegte, wenn er den Telefonhörer ans Ohr nahm oder den Kopf wandte, um zu sehen, was hinter ihm vorging, kratzte, schabte und zerrte es an seiner Haut. Er war kurz davor, sich das Ding vom Hals zu reißen.

Statt dessen begnügte er sich damit, um die Ränder der weißen Mullbinde herum zu kratzen und seinen Kragen von der Wunde fortzuzerren.

Solange er im Werk war, störte ihn der Verband nicht sonderlich. Dort gab es so viel zu tun, und er mußte an so vielen Orten gleichzeitig sein, daß ihm keine Zeit zum Ärgern blieb.

Doch wenn er allein war, änderte sich alles. Dann

erinnerte ihn der Verband daran, was Paula ihm angetan hatte. Dann fragte er sich, was um alles in der Welt geschehen war, daß sie so vollständig außer Kontrolle geraten konnte.

Diese Frage nagte an ihm, während er im Büro von Dr. Randolph saß und auf den Arzt wartete.

Die Arbeiter der Tagesschicht waren bereits nach Hause gegangen. Harold hatte den Schichtwechsel beaufsichtigt und wäre selbst gegangen, wenn er nicht Dr. Randolphs gekritzelte Notiz erhalten hätte. Der Arzt verlangte ihn dringend zu sprechen.

Als Dr. Randolph schließlich den kleinen Raum betrat, reichte Harold ein einziger Blick in seine Augen, um zu wissen, daß er sich nicht getäuscht hatte.

„Ich habe das Gefühl, daß ich nicht hier bin, weil Sie sich meinen Hals ansehen wollen“, bemerkte er trocken.

Aber Dr. Randolph schien nicht in der richtigen Stimmung für ironische Bemerkungen zu sein. „Sie haben Knochen im Fluß gefunden“, begann er in gehetztem Ton.

Für die Dauer eines Herzschlags herrschte Schweigen, dann nickte Harold. „Ich weiß. Ich habe davon gehört“, erwiderte er knapp, als müßte diese Tatsache ausreichen, um das Thema zu beenden.

Doch der Arzt war noch immer beunruhigt. Statt dessen schien ihn Harolds Gelassenheit nur noch mehr aus der Fassung zu bringen. „Haben Sie auch gehört, daß Clayton Walsh ebenfalls die Symptome aufweist?“ setzte er nach, wobei seine Stimme eine Spur schriller wurde.

Harold musterte ihn mit zusammengekniffenen

Augenlidern. Walsh arbeitete am Fließband. Er war ein guter Arbeiter, jung, verheiratet und Vater einer kleinen Tochter. Nein, davon hatte er noch nichts gehört.

„Damit sind es vier!“ Der Doktor fuhr sich mit der Hand über die schweißnasse Stirn. „Es wird mit jedem Tag schlimmer.“

Harold mußte zugeben, daß die Sorge des Arztes nicht unbegründet war – daß er möglicherweise doch nicht überreagierte. Immerhin bestand die Möglichkeit, daß er, Harold, das Ausmaß des Problems noch nicht erkannt hatte.

„Jemand muß es Mr. Chaco sagen“, erklärte er schließlich, doch auch das konnte den Arzt nicht zufriedenstellen.

„Er weiß doch, was geschieht! Er tut nur einfach nichts dagegen!“ Aufgebracht wedelte Dr. Randolph mit einigen Krankenakten durch die Luft.

„Vielleicht kann ich mit ihm reden . . .“ überlegte Harold laut.

„Versuchen Sie es“, schnappte Dr. Randolph und klatschte die Akten auf den Tisch.

Harold erhob sich. Auch wenn der Arzt mit seinen Behauptungen recht haben sollte, dieser Mann machte ihn einfach nervös, und Harold wollte sein Büro so schnell wie möglich verlassen. „Ja. Ich werde mit ihm reden, und er wird auf mich hören . . . Hören Sie? Er wird auf mich hören“, sagte er entschlossen, während er seinen Stuhl zurückschob und in Richtung Tür ging.

Dr. Randolph schwieg, bis Harold den Ausgang erreicht hatte. „Und wenn er das nicht tut?“ platzte er dann heraus.

Langsam wandte sich Jess Harold um und betrachtete den bebenden Arzt. Jetzt hatte er den Eindruck, als wäre er den Tränen nahe.

Harold wußte, daß Randolph verängstigt und erregt war.

Aber war es wirklich nur das?

Seine Gedanken streiften die Frage, ob der Arzt in der Lage wäre, die Symptome auch dann zu diagnostizieren, wenn er selbst davon betroffen wäre.

Unwillkürlich zuckte Harold mit den Schultern. Er würde es nicht erfahren, da er niemals danach fragen würde. Ohne ein weiteres Wort drehte er sich um und ging zur Tür hinaus.

10

Die Abenddämmerung hatte eingesetzt, und die Straßenlampen in der Stadt nahmen leise sirrend ihren Betrieb auf.

Scully hatte einen langen Nachmittag in der Leichenhalle hinter sich. Stundenlang hatte sie Knochen sortiert, und immer noch lag da ein ganzer Haufen, den sie noch nicht gesichtet hatte. Doch nun meldete sich der Hunger.

Also fuhr sie durch das kleine Geschäftsviertel und hielt auf der Suche nach etwas Eßbarem nach den Schildern der Imbißstuben Ausschau. Wie sie erwartet hatte, beschränkte sich das Angebot der meisten Läden auf Hühnchen.

Wo gehobelt wird . . . Sie lächelte in sich hinein und steuerte den Wagen auf den Parkplatz von *Sweeney's Fried Chicken.*

Zwanzig Minuten später war sie schon wieder an der Leichenhalle. Mit der warmen, wohlduftenden Tüte des Hähnchengrills in der Hand betrat sie das Gebäude. Als sie zur Tür hereinkam, bemerkte sie Mulder, der sich über das Faxgerät beugte und die ankommenden Seiten studierte.

„Ich habe eine Liste aller Vermißten in einem Umkreis von zweihundert Meilen um Dudley angefordert", erklärte er. „In den vergangenen fünfzig Jahren sind hier in der Nähe siebenundachtzig Menschen verschwunden."

Er reichte Scully die ersten Seiten des Fax. Auf dem Deckblatt war eine Karte von Seth County, Arkansas, zu sehen, in deren Mittelpunkt Dudley lag. Sie war übersät von numerierten schwarzen Punkten, die jeder für eine vermißte Person standen: Die meisten davon befanden sich in oder rund um Dudley. Die folgenden Blätter enthielten eine entsprechende Liste mit den Namen der Vermißten und dem Datum ihres Verschwindens. Und noch immer spuckte das Faxgerät weitere Seiten aus.

Verblüfft über das Ausmaß des Verbrechens, das sie untersuchten, starrte Scully auf die Blätter in ihrer Hand.

„Nach unseren forensischen Beweisstücken“, sagte Mulder mit einem Blick auf die menschlichen Überreste auf dem Fußboden, „würde ich sagen, daß dafür immer dieselbe Person oder derselbe Personenkreis verantwortlich war.“

Scully folgte Mulder, der sich einen Weg durch das Knochenpuzzle bahnte. In der Mitte des Raums stapelte sich ein Haufen mit unsortierten Knochen, um den herum die sorgsam zusammengefügten, aber unvollständigen Skelette lagen. Sie hatte neun Leichen schon für viel gehalten, doch offensichtlich war das nur die Spitze des Eisbergs.

Sie versuchte dieser neuen Information einen Sinn abzuringen. „Es könnte das Werk eines Kultes sein ...“

Mulder nickte. „Scully, ich hatte da so eine Idee, und ...“ Er ging neben dem Haufen in die Knie, nahm einen Knochen in die Hand und betrachtete ihn eingehend. „Sehen Sie sich diese Knochen an. Sie haben gesagt, die Enden sehen poliert aus. Nun, eine mögliche Erklärung dafür wäre, daß ... daß sie in einem Topf gekocht worden sind."

„Gekocht?" echote Scully irritiert. „Warum sollten sie gekocht worden sein?"

Mit verkniffener Miene schaute Mulder zu seiner Partnerin auf. „Anthropologen haben ähnliche Funde als Beweis für Kannibalismus unter den Anasazi-Stämmen New Mexicos angesehen."

„Kannibalismus? Aber was hat das hiermit zu tun ...?" Ihre Stimme verlor sich.

Ohne sie wirklich wahrzunehmen, betrachtete Mulder die Grillhähnchenpackung unter Scullys Arm. „Scully", erwiderte er schließlich langsam. „Ich denke, daß die guten Leute aus Dudley ..." Er unterbrach sich und schluckte, ehe er weitersprach. „... viel mehr als nur Hähnchen gegessen haben."

Ungläubig starrte Scully ihren Partner an. „Sie glauben, diese Menschen wurden ... gegessen?" flüsterte sie. Sie war nicht leicht aus der Fassung zu bringen, doch dieses Mal war es ihm gelungen.

Sie bemühte sich zu begreifen, was Mulder gesagt hatte. Ein flaues Gefühl breitete sich in ihrem Magen aus, und ihre Knie wurden weich. Ihr wurde klar, daß ihre schreckliche Theorie, daß die Menschen durch den Verzehr infizierter Hühner erkrankten, viel zu umständlich war. Es gab eine einfachere, plausiblere und weitaus schrecklichere Erklärung.

Um in der plötzlich eintretenden Benommenheit nicht das Gleichgewicht zu verlieren, hockte sich Scully ebenfalls auf den Boden. „Wenn das stimmt, dann könnte Paula Gray sich mit Creutzfeld-Jacob infiziert haben, als ... als sie George Kearns gegessen hat."

Sie sagte es.

Mulder nickte verbissen, und auf einmal bemerke Scully die tiefen Ringe unter seinen Augen. Offensichtlich rebellierte auch sein Magen.

Scully war froh, noch nichts von ihrem Grillhähnchen gegessen zu haben, denn sie war sich sicher, daß es ihr nach dieser Geschichte bestimmt nicht bekommen wäre. *Wer ist daran beteiligt?* dachte sie, während sie tief Luft holte und ihr Gleichgewicht wieder halbwegs herstellen konnte. *Wie weit geht diese Sache?*

„Das würde auch ihr jugendliches Aussehen erklären", fügte Mulder beiläufig hinzu.

Noch immer kämpfte Scully mit dem Gedanken, daß es sich eine Gruppe äußerlich normaler, scheinbar ordentlicher Bürger offenbar zu Gewohnheit gemacht hatte, andere Menschen zu verspeisen. Mulders letzte Äußerung ergab in ihren Augen allerdings keinen Sinn.

„Wovon sprechen Sie? Was soll ihre Jugendlichkeit erklären?"

„Einige kannibalistische Rituale", entgegnete er, wobei seine Erklärung beinah vernünftig klang, „sollen angeblich das Leben verlängern können."

Entschieden schüttelte Scully den Kopf. Das ging zu weit. „Kannibalismus ist eine Sache, Mulder, aber das Leben zu verlängern, durch den Genuß von Menschenfleisch ..."

„Viele Menschen glauben daran, Scully. Von der Antike bis hin in unsere moderne Zeit. In den Mythen der verschiedensten Kulturen ist die Belohnung für Kannibalismus das ewige Leben."

Scully erhob sich. Das Schwindelgefühl hatte endgültig nachgelassen, und jetzt, wo es um reine Spekulationen ging, kehrte ihre Souveränität zurück. Sie mußte nicht einmal den Mund aufmachen, um ihrer Skepsis Ausdruck zu verleihen – sie stand ihr deutlich ins Gesicht geschrieben.

Mulder sah sie an und hob abwehrend die Hände. „Ich behaupte ja auch gar nicht, daß es tatsächlich funktioniert", beteuerte er. Er hielt einen Moment inne. „Aber... aber wir haben beide Paula Gray gesehen."

„Wir haben das Geburtsdatum in ihrer Personalakte bis jetzt noch nicht überprüft", konterte Scully.

„Dann werden wir aus den Unterlagen im Amtsgericht erfahren, wie alt sie wirklich war", erwiderte Mulder. Dann grinste er. „Und wir werden erfahren, wer in dieser Stadt sonst noch über sein Alter lügt."

Mulder schnappte sich seine Jacke und eilte zur Tür. Seufzend legte Scully ihr Grillhähnchen beiseite und folgte ihm.

11

Jess Harold wurde den Eindruck nicht los, daß Walt Chaco ihm gar nicht richtig zuhörte.

Sie befanden sich in dem Raum in Chacos Villa, in dem der alte Mann seine Andenken aus seiner Zeit in der Südsee aufbewahrte. Chaco bezeichnete den Raum liebevoll als sein Museum. Entsprechend sorgsam ging er mit seinen Souvenirs um. Jedes einzelne Stück hatte eine lange und ausführliche Geschichte, und Chaco hatte sich die Mühe gemacht, sie auszugsweise auf kleine Karten zu tippen, die an jedem der Ausstellungsstücke angebracht waren.

Und wenn sich Chaco inmitten seiner Andenken befand, so schien er jedesmal mehr in der Vergangenheit als im Hier und Heute zu weilen.

Auch jetzt stand er träumend vor den weit offenen Türen eines mit kunstvollen Schnitzereien verzierten Schranks und bewunderte seinen Inhalt so voller Andacht, daß Jess Harold davon überzeugt war, daß der alte Mann kein einziges seiner Worte wirklich gehört hatte.

Schließlich stieg ein tiefer Seufzer aus Chacos Brust, und er schloß die schweren Schranktüren. Als er den Riegel vorgelegt und mit einem kleinen stählernen Vorhängeschloß gesichert hatte, versuchte es Harold noch einmal.

„Sie müssen etwas unternehmen, Mr. Chaco“, sagte er drängend. „Die Leute haben Angst. Sie wissen nicht, was sie von den Vorgängen halten sollen.“

Nun endlich sah Chaco Harold an. „Sie verlieren ihren Glauben", klagte er mit dröhnender Stimme, wobei er wie ein enttäuschter Vater klang, der erkennen muß, daß seine Kinder mißraten sind.

In vorsichtigerem Tonfall entgegnete Harold: „So, wie die Dinge liegen, ist es auch schwer, ihn nicht zu verlieren." Es fiel ihm nicht leicht, das auszusprechen, ganz besonders Mr. Chaco gegenüber. Er rechnete mit einer Reaktion, damit, daß der alte Mann wütend werden würde, doch Chaco schwieg. Plötzlich sah er alt und geschlagen aus. *Wer weiß*, dachte Harold, *womöglich hat Dr. Randolph doch recht . . .?*

Ein Gefühl, die Ahnung einer grauenvollen Angst, stieg in Harold auf. Was wäre, wenn Chaco nach all den Jahren, in denen sie ihm geglaubt und vertraut hatten, der Krankheit machtlos gegenüberstand? Was, wenn sie alle verloren waren?

„Seit gestern haben wir drei neue Fälle!" fuhr er mit zunehmender Erregung fort, und zum ersten Mal schwang Wut in seiner Stimme.

Nun reagierte Chaco. „Ich habe meine Enkelin an diese Krankheit verloren!" brüllte er. „Also erzähl mir nicht, womit wir es hier zu tun haben!"

Er atmete einige Male tief durch, wandte sich brüsk ab und versuchte, die Beherrschung wiederzufinden. Unsinnige Streitereien würden sie nicht weiterbringen. Sie mußten zusammenhalten, zusammenarbeiten, wie es sich für eine Familie gehörte. Ruhiger geworden ergriff er erneut das Wort: „Ich sagte doch, ich werde mich darum kümmern, Jess."

Doch Harold war noch nicht zufrieden. „Ich weiß,

daß Sie das gesagt haben, Mr. Chaco ... Aber was wollen Sie tun?"

Die Türklingel verhinderte, daß Harold erfuhr, ob Chaco eine Antwort hatte.

Die beiden Männer sahen einander an. Beide fragten sich, wer das sein konnte. Vielleicht die FBI-Agenten?

Doch als die Hausdame die Tür öffnete, stellten sie erleichtert fest, daß es nur Doris Kearns war.

Während Chaco zur Begrüßung auf sie zu ging, verzogen sich seine Lippen zu einem warmen, väterlichen Lächeln.

„Doris", begann er freundlich. „Hast du geweint?" fragte er dann nach einem Blick in ihre roten geschwollenen Augen.

Sie sah auf und nickte. „Ich kann das nicht mehr tun, Mr. Chaco", sagte sie gepreßt. Sie versuchte, tapfer zu sein, doch statt dessen wurde sie erneut von einem trocknen Schluchzen gebeutelt. „Ich kann nicht mehr länger lügen", brachte sie mühevoll heraus.

Sanft legte ihr Chaco die Hände auf die Schultern und schaute sie verständnisvoll an. „Es ist schon in Ordnung, Doris, schon in Ordnung." Seine Stimme war voller Wärme, tief und beruhigend. Doris fühlte sich besser, kaum daß sie ihren Namen aus seinem Mund gehört hatte. „Jess hat mir erzählt, was passiert ist", fuhr er mit einem Kopfnicken in Richtung des Betriebsleiters fort, der ebenfalls aus dem Schatten hervorgetreten war. „Du mußt dir wirklich keine Sorgen machen", schloß er mit einem Lächeln.

„Aber", wandte Doris zaghaft ein, „sie werden doch sicher glauben, daß ich es war?"

„Nein“, entgegnete Chaco, als hätte er noch nie etwas derart Absurdes gehört. „Das werden sie bestimmt nicht denken.“

Erneut begann Doris zu schluchzen. „Aber . . . ich war . . .“ Sie unterbrach sich. „Ich habe mitgeholfen . . .“

„Er war kein guter Mann, Doris“, rief ihr Chaco in Erinnerung. „Er hat nicht hierher gepaßt, und das weißt du.“

„Aber er war mein Mann.“

Chaco nickte, doch nun war sein Gesichtsausdruck voller Strenge. „Das war der Preis, den du zu zahlen hattest“, sagte er freundlich, aber bestimmt und mit einer unmißverständlichen Härte. „Das hast du von Anfang an gewußt.“

„Aber die FBI-Agenten . . .“

Unverwandt sah ihr Chaco in die Augen, und ihre Stimme versagte. Beschwörend hob er die Hände. „Diese Stadt ist nicht an einem Tag erbaut worden, Doris. Sie wird auch nicht an einem Tag zerstört werden.“ Doris nickte. Trotz ihrer Zweifel fühlte sie sich ruhiger. „Und nun bist du ein Teil von uns“, fuhr er mit seiner vollen, wohltönenden Stimme fort. „Wir werden uns gut um dich kümmern.“

Doris nickte wieder, und Chaco geleitete sie sanft zur Vordertür zurück. „Und nun möchte ich, daß du nach Hause fährst und dich ein wenig ausruhst“, ordnete er an. „Diese Sache wird bald vorüber sein, und dann wirst du nicht mehr verstehen, wozu die ganze Aufregung gut war.“

Doris glaubte ihm. Sie lächelte sogar. Natürlich hatte er recht. Schon in diesem Augenblick begann sie sich zu fragen, warum sie sich eigentlich so aufgeregt hatte.

„Es tut mir leid“, entschuldigte sie sich. Wie konnte sie nur jemals an ihm gezweifelt haben? Plötzlich fühlte sie sich schüchtern und verlegen. Würde er ihr verzeihen? Sie sah in seine Augen – ja, sie konnte erkennen, daß er ihr bereits vergeben hatte. Er lächelte sie wohlwollend an.

„Das ist schon in Ordnung“, beruhigte er sie. „Wir alle verstehen das.“ Seine Worte waren so schlicht und doch so . . . voller Bedeutung. Voll segensreicher Befreiung von all ihren Zweifeln und Ängsten. „Gute Nacht, Doris.“ Zum Abschied legte er ihr noch einmal kurz die Hand auf die Schulter.

Doris wandte sich zum Gehen. Sie hatte die Gunst von Chacos Güte erfahren. Als sie in die Nacht hinaustrat, waren ihre Schritte beschwingter als in all den Tagen zuvor.

In Chacos Museum sah Jess Harold die Dinge allmählich ein wenig klarer. Er kannte die Macht, die von Chacos Stimme ausging, und er wußte, wie geschickt der alte Mann sie einzusetzen verstand. Doch er fürchtete, daß diese Macht langsam verfiel – genauso wie der Mann, der sie ausübte.

Chaco gesellte sich wieder zu Harold. „Sie kommt wieder in Ordnung“, sagte er entschieden.

Mit zweifelnd gerunzelter Stirn blickte Harold zur geschlossenen Vordertür. Mehr denn je fühlte er sich frei, dem alten Mann seine Meinung zu sagen. Er war sich nicht sicher, ganz und gar nicht sicher, ob wirklich alles so gut und problemlos lief. „Sie ist zu labil“, urteilte er scharf.

Chaco sah ihm streng in die Augen, und Harold fragte sich, ob er sich seiner zunehmenden Schwäche bewußt war. „Sie ist jetzt eine von uns“, entgegnete Chaco schneidend. „Sie ist Teil unserer Familie und unserer Stadt.“

Mehrere Sekunden hielt Harold Chacos Blicken stand. Dann erwiderte er im gleichen Tonfall: „Wenn wir nichts gegen sie unternehmen, dann werden wir bald keine Stadt mehr haben, um die wir uns sorgen müßten.“

Er setzte sich in Richtung Tür in Bewegung, doch Chaco blaffte nur: „Nein!“

Da war es wieder. Harold fühlte sich gezwungen stehenzubleiben, fast als hätte ihn Chaco mit Händen festgehalten. Mit einer Mischung aus Erleichterung und Angst stellte Harold fest, daß der alte Mann noch immer Macht besaß.

„Wenn wir uns gegen uns selbst wenden“, fuhr Chaco fort, „dann sind wir nicht besser als Tiere.“

Harold nickte. Nun verstand er, worum es Chaco ging. Sie waren eine Familie, und so sollte es auch bleiben.

In Gedanken war Chaco offensichtlich schon einen Schritt weiter. „Um die FBI-Agenten sollten wir uns Sorgen machen“, sagte er langsam und nachdenklich. „Sie sind das wirkliche Problem . . .“

Harold sah ihn an. Natürlich – das war es. Es war alles ganz einfach. Sie mußten nichts weiter tun, als diese beiden Agenten loswerden, und die Dinge würden wieder ihren normalen Lauf nehmen. Der Gedanke gefiel ihm.

Er gefiel ihm sogar sehr gut.

Auf ihrem Heimweg fühlte sich Doris Kearns zunächst viel besser. Mr. Chacos Worte waren so beruhigend gewesen, seine Stimme so einnehmend. Sie war überzeugt, daß sich alles zum Besseren wenden würde.

Doch je weiter sie fuhr, desto stärker meldeten sich ihre Zweifel zurück. Was sollte sie sagen, falls die beiden FBI-Agenten sie noch einmal verhörten? Würde sie das durchhalten? Mr. Chaco war nicht wirklich auf ihre Sorgen eingegangen – er hatte ihr nicht gesagt, wie sie sich verhalten sollte.

Als sie schließlich zu Hause eintraf, war sie erneut in Panik. Nun peinigten sie nicht nur ihre alten Ängste, denn während sie in ihrem Gedächtnis nach einer Spur der Beschwingtheit suchte, die sie noch kurz zuvor empfunden hatte, dachte sie an das, was Mr. Chaco tatsächlich gesagt hatte – und ihre Angst wurde noch größer.

Er hatte gesagt, es gäbe einen Preis zu bezahlen und ... daß sie sich gut um sie kümmern würden. Das war nicht unbedingt eine beruhigende Mitteilung. Womöglich versteckte sich hinter diesen Worten eine ganz andere Botschaft. Vielleicht würden sie sich wirklich um sie kümmern. Ein für allemal!

Sie flüchtete sich in ihr bescheidenes Haus – das Haus, das sie zusammen mit George ausgesucht hatte – und lief schnurstracks in die Küche. Hinter einem Magneten am Kühlschrank steckte eine Karte, die sie am Tag zuvor dort hingehängt hatte.

Sie betrachtete die Karte, las die Nummer und den Namen des Mannes, von dem sie sich Hilfe erhoffte.

Fox Mulder.

Als Mulder und Scully das Gerichtsgebäude erreichten, war es bereits seit einiger Zeit dunkel. Das Gebäude war über Nacht geschlossen, und die meisten Angestellten waren längst nach Hause gegangen.

Dennoch waren die Türen noch offen.

Mulder vermutete, daß die Hausmeister sie später, wenn die Putzfrauen ihr Werk getan hatten, verschließen würden. Gemeinsam mit Scully schlüpfte er hinein und folgte den Hinweistafeln zum Urkundenarchiv, das den wohlklingenden Namen ‚Hall of Records' trug. Für ein Archiv, in dem es nichts weiter als Aktenschränke aus Metall gab, war das ein arg hochtrabender Name. In diesen Archiven wurden alle wichtigen Dokumente einer Stadt aufbewahrt. Eigentumsurkunden, Heiratsurkunden, Sterbeurkunden – wenn man sich nur genug Zeit nehmen würde, könnte man an diesem Ort eine komplette zeitgeschichtliche Dokumentation der Stadt zusammenstellen.

Vor der Tür mit der Aufschrift ‚Geburtenregistration' blieben Mulder und Scully stehen. Hier wurden die Geburtsurkunden aller Menschen, die in dieser Gemeinde zur Welt kamen, sorgfältig aufbewahrt.

Zumindest sollte es so sein.

Sie hatten die Tür gerade einen Spalt weit geöffnet, als ihnen klar wurde, daß irgend etwas nicht in Ordnung war. Kaum hatten sie sie ganz aufgestoßen, stieg ihnen der unverwechselbare Geruch von Rauch in die Nase.

Scully betätigte den Lichtschalter, doch nichts geschah, also knipsten sie ihre Taschenlampen an. Augenblicklich bemerkten sie die Reihen rußgeschwärzter Aktenschränke an den Wänden. Einige

Schubladen standen auf und gaben den Blick auf die graue Asche frei, die von den Geburtsdokumenten der Bewohner dieser Stadt übriggeblieben war.

„Da hat jemand mit Streichhölzern gespielt", bemerkte Mulder trocken.

„Es riecht, als ob es erst kürzlich gebrannt hätte", ergänzte Scully schnüffelnd.

„Ich wette, es ist kein Zufall, daß nur die Geburtsurkunden verbrannt sind . . . Anscheinend wurden wir erwartet."

Mit gerunzelter Stirn überlegte Mulder, ob irgend jemand in ihrer Nähe gewesen war, als er und Scully über ihren Plan gesprochen hatten, die Geburtsurkunden einzusehen. Möglicherweise war ihr Gespräch belauscht worden.

In diesem Augenblick klingelte sein Funktelefon. Er zog es aus der Tasche und klappte es auf. „Ja?"

„Hier ist Doris Kearns", meldete sich eine verängstigte Frauenstimme am anderen Ende. „Ich bin zu Hause. Ich muß Sic sofort sprechen."

„Ist bei Ihnen alles in Ordnung?"

„Ich habe Angst um mein Leben", sprudelte sie hervor. Mulder hörte ein Geräusch, das nach einem unterdrückten Schluchzen klang, dann: „Ich glaube, er will mich umbringen."

„Wer?" Alamiert sah Mulder zu Scully hinüber.

Er hörte das schwere Atmen am anderen Ende, während Doris Kearns sich zu einer Entscheidung durchrang. Endlich antwortete sie.

„Mr. Chaco."

Mehr brauchte Mulder nicht. „In Ordnung, Mrs. Kearns", sagte er eindringlich. „Ich möchte, daß Sie zu

Hause bleiben und die Türen verschließen. Und öffnen Sie niemandem, bis Agent Scully bei Ihnen ist.“

„Ja, gut“, wisperte die Frau am anderen Ende. Mulder hörte ein leises Klicken, als sie den Hörer einhängte.

Mit fragend erhobenen Augenbrauen wartete Scully, bis Mulder das Telefon wieder in seiner Tasche verstaut hatte. Sie sollte sich also um Mrs. Kearns kümmern.

„Und wo wollen Sie hin?“

„Ich werde Chaco verhaften.“

Doris Kearns hatte kaum den Hörer aufgelegt, als sie zur Vordertür lief, um sich zu vergewissern, daß sie auch abgeschlossen war. In der letzten Zeit hatte sie sie stets verschlossen gehalten, doch noch war es ihr nicht zur Gewohnheit geworden, und nachdem sie so eilig ins Haus gelaufen war, wußte sie einfach nicht mehr, ob sie den Riegel vorgeschoben hatte oder nicht.

Sie war überrascht, als sie feststellte, daß die Tür nicht nur unverschlossen war, sondern außerdem einen Spalt weit offen stand. Ängstlich betrachtete sie die Tür. Sie konnte sich nicht erinnern, sie so hinterlassen zu haben. Oder vielleicht doch? Schließlich war sie gleich in die Küche gerannt, um so schnell wie möglich den FBI-Agenten anzurufen.

Als sie die Tür ins Schloß drückte und den Riegel umlegte, verloschen alle Lichter im Haus.

„Nein!“ schrie sie auf und wirbelte herum. Jemand war im Haus. Jemand, der gerade die Hauptsicherung abgeschaltet hatte.

Zitternd schob sich Doris durch den dunklen Flur – ihr Haus war zu einer tödlichen Falle geworden. Sie bemühte sich, ruhig zu bleiben. Wenn sie bis zur Treppe kam ... konnte sie in ihr Schlafzimmer flüchten. Dort würde sie die Kommode vor die Tür schieben und sich in dem Raum verbarrikadieren. Ja, genau. Das mußte sie tun. Das *würde* sie tun. Sie machte noch einen Schritt, als ...

... eine riesige Gestalt mit einem grauenhaften Gesicht aus dem Wohnzimmer trat und sich zwischen sie und die Treppe stellte. Sie erkannte ihn sofort wieder. Er war bei der Zeremonie dabei gewesen, an der sie teilgenommen hatte, und wieder trug er die Stammesmaske. Rote Federn bildeten den Rand, und über die Wangen zogen sich gelbe Streifen. Trotz der Dunkelheit konnte Doris das leuchtende Weiß um Augen und Mund deutlich erkennen.

Dann sah sie die Axt in der Hand des Maskierten. Der Lichtschimmer einer Straßenlaterne spiegelte sich im häßlichen Metall des Werkzeugs. Es war zu spät. Doris wußte, daß es zu spät war.

„Nein!“ Ihr Schrei gellte gespenstisch durch das ruhige Haus. „Bitte!“

Doch die maskierte Gestalt kam näher. Doris trat einen Schritt zurück, dann noch einen, dann fühlte sie die Vordertür, verschlossen und verriegelt, in ihrem Rücken.

Wieder schrie sie, als der Mann bedrohlich nahe kam. Sie hatte keine Zeit, sich umzudrehen und an der Tür zu hantieren ... Erst als sich der Maskierte schon über sie beugte, gelang es ihr, den Riegel zurückzuschieben.

12

Als Scully Doris Kearns' Haus erreichte, wußte sie sofort, daß irgend etwas nicht stimmte.

Im ganzen Haus herrschte tiefe Dunkelheit.

Nach Scullys Erfahrung neigten verängstigte Menschen nicht dazu, allein im Dunkeln zu sitzen – sie tendierten viel eher dazu, jedes Licht im Haus anzuschalten, bis sie Hilfe bekamen. Ein dunkles Haus war kein gutes Zeichen.

Scully parkte in der Auffahrt hinter Doris Kearns' Wagen, ging zur Vordertür und klingelte.

Keine Antwort.

Sie hielt ihre Taschenlampe an die Glasfläche der Vordertür. Die Wände des Hausflurs wurden vage in der Dunkelheit sichtbar, doch sie konnte keine Bewegung entdecken.

„Mrs. Kearns?" rief sie mit schwindender Hoffnung. „Agent Scully." Noch immer keine Antwort. Sie rüttelte an der Türklinke, doch die Tür war abgeschlossen.

Scully ging um das Haus herum, und der Wind wickelte ihr den Mantel um die Beine. Im Licht der Taschenlampe, die sie auf den Plattenweg richtete, tastete sie sich zur Hintertür vor.

Sie drehte den Knauf . . . und die Tür öffnete sich.

Ehe sie vorsichtig ins Haus schlüpfte, zückte Scully ihre Pistole.

Sie befand sich in einer Waschküche. Der Lichtkegel zeigte ihr eine Waschmaschine, einen Trockner und einen verschlossenen Schrank, den sie für einen Wäscheschrank hielt. Rechts führte eine offene Tür zur Küche.

„Mrs. Kearns?" rief sie wieder, doch nur der Wind und die Äste der Bäume, die über das Dach schrammten, antworteten ihr.

Scully ging in die Küche und ließ den Lichtstrahl der Taschenlampe durch den Raum wandern. Es gab keine Zeichen für einen Kampf, nichts deutete auf ein Verbrechen hin. Schließlich durchquerte sie die Küche in Richtung Tür, um den Rest des Hauses zu erkunden.

Ein eisiger Lufthauch zog durch den Raum, bevor die Hintertür krachend ins Schloß fiel. Scully wirbelte herum und richtete Waffe und Lampe auf die Tür. Es war niemand zu sehen. Mit Hilfe ihrer Taschenlampe untersuchte sie den Bereich bis zur Hintertür solange, bis sie sich wieder sicher fühlte.

Nur der Wind, dachte sie und wandte sich erneut der Tür zum Flur zu. *Es war nur der Wind.*

Sie war entschlossen, das ganze Haus zu durchsuchen – obwohl sie davon überzeugt war, daß sie Doris Kearns hier nicht mehr finden würde.

Während Scully Doris Kearns' Haus durchsuchte, erreichte Mulder Chacos Villa.

Nachdem nach seinem zweiten Klingeln bereits eine halbe Minute verstrichen war, erwog er ernsthaft, sich gewaltsam Einlaß zu verschaffen, aber dann wurde die Eingangstür doch noch geöffnet.

Vor ihm stand die beleibte Hausdame und zog ein mürrisches Gesicht.

Mulder hielt ihr seinen Ausweis unter die Nase. „Ist Mr. Chaco da?“ fragte er ohne Umschweife.

Die Hausdame wich zurück und gestattete ihm einzutreten. „Ich werde nachsehen, ob er noch wach ist“, erwiderte sie steif.

Als sie die Treppe hinaufgestiegen war, ging Mulder direkt in Chacos Museum. Die Wände waren mit unzähligen geschnitzten Masken und Trommeln behängt, doch vor allem der Inhalt einer Vitrine nahm Mulders Blick sofort gefangen.

Da lag ein Schädel. Ein menschlicher Schädel und Werkzeuge, die aus Knochen geschnitzt worden waren.

Mulder trat näher, um die Gegenstände in dem Schaukasten genauer zu studieren. Im obersten Fach entdeckte er Fotografien von einem jüngeren Walter Chaco. Auf einem Bild saß Chaco im Cockpit eines alten Kampfflugzeugs aus dem zweiten Weltkrieg. Ein anderes zeigte ihn auf einer Dschungellichtung in Gesellschaft einiger Mitglieder eines primitiven Stammes. In seiner Militäruniform bildete Chaco einen krassen Gegensatz zu den Eingeborenen, die lediglich mit Lendentuch und Halskette bekleidet waren. Die Dunkelhäutigen, deren nackte Körper über und über bemalt waren, standen voller Stolz um den weißen Piloten herum und reckten ihre langen Speere. Mulder betrachtete das Bild noch genauer. Er war sich nicht sicher, aber scheinbar waren die Halsketten der Krieger aus Zähnen gemacht worden. Menschlichen Zähnen.

Mulder musterte die anderen Stücke in dem Glasschrank, und die Einzelteile des Puzzles fügten sich allmählich zusammen. Die Knochen, aus denen die

Werkzeuge geschnitzt worden waren, stammten ebenfalls von Menschen. Der Schädel war mit weißen Hühnerfedern gesäumt. Mulder betrachtete das Schild neben dem Schädel, auf dem fein säuberlich getippt die Worte: ‚Jalestamm, Neu Guinea, 1944‘ standen.

Er hatte von den Jale gehört. Von den Anthropologen waren sie lange Zeit kannibalistischer Praktiken verdächtigt worden, doch diese Vermutungen waren nie bewiesen worden. *Bis heute*, dachte Mulder wenig begeistert.

Beunruhigt wandte er sich von der Vitrine ab, und sein Blick fiel auf den mit edlen Schnitzereien verzierten, mächtigen Mahagonischrank, der den Raum beherrschte. Mit wenigen Schritten war er bei dem hölzernen Ungetüm und untersuchte den hölzernen Riegel und das Vorhängeschloß, mit dem es gesichert war. *Bedauerlich, daß die Türen des Schranks nicht ebenfalls aus Glas sind*, dachte Mulder. Chacos Sammlerstolz hatte offensichtlich Grenzen – oder war gerade das Gegenteil der Fall? Angesichts des beeindruckenden Aussehens und der Sicherung durch das Schloß war zu vermuten, daß dieser Schrank einen äußerst kostbaren Inhalt verbarg.

Als er die Schritte der Hausdame auf den Stufen hörte, drehte er sich um. Sie erreichte den Fuß der Treppe, sah sich um und setzte eine verwunderte Miene auf, bis sie ihn schließlich in dem kleinen Raum entdeckte. Ihr Gesichtsausdruck veränderte sich kaum, doch ihr Blick wurde noch etwas kühler.

„Es tut mir leid“, verkündete sie und bemühte sich, ein Lächeln zustandezubringen, „aber Mr. Chaco kann Sie heute nicht mehr empfangen.“

Mulder nickte und ging nicht weiter darauf ein. Sein Daumen zeigte auf den Schrank. „Wissen Sie, was da drin ist?“

Die Hausdame wirkte betroffen, und das Lächeln auf ihren Lippen wurde noch um einige Grade eisiger. Ohne es zu merken, imitierte sie das Grinsen des Totenschädels in der Vitrine. „Ich . . . ich weiß es nicht“, stieß sie hervor und wich einen Schritt zurück.

Äußerlich blieb Mulder gelassen. Er zeigte mit keiner Regung, ob er die hektische Reaktion der Hausdame bemerkt hatte. „Können Sie ihn aufmachen?“

„Ich habe keinen Schlüssel“, sagte die Frau schnell.

Mit einem leichten Schulterzucken sah Mulder zu dem Schrank zurück. Doch plötzlich schwand seine demonstrative Ruhe, und er ließ sich auf die Knie fallen. Auf dem Teppich unter dem Schrank war ein braunroter Fleck. Er konnte alles Mögliche sein: Kaffee, ein verschütteter Drink, heruntergetropfte Möbelfarbe.

Oder Blut.

Mulder erhob sich und griff nach einer kleinen Statue, die auf einem niedrigen Tisch neben dem Schrank stand. Am Gewicht der Figur erkannte er, daß sie aus Gußeisen sein mußte.

Perfekt.

Wieder und wieder hämmerte er mit der Statue auf das Vorhängeschloß am Schrank.

„Was tun Sie denn da?“ kreischte die Hausdame hinter ihm, doch sie machte keinerlei Anstalten, ihn aufzuhalten.

Noch einmal schlug er mit aller Macht zu. Holz

splitterte. Mulder ließ die Statue fallen, griff mit beiden Händen nach den Schranktüren, öffnete sie und . . .

Mehrere Dutzend Köpfe starrten ihm entgegen.

Mulders erster Eindruck – den er gleich im Augenblick seines Entstehens wieder verwarf – war, daß es sich um Halloweenmasken handeln mußte. Es wären die grausigsten gewesen, die er je zu Gesicht bekommen hatte. Augen und Münder der Köpfe waren mit einem dicken schwarzen Garn im Zickzackstich zugenäht worden. Einige der Köpfe sahen alt und verfallen aus – Mulder konnte den weißen Schädelknochen durch die Risse in der geschrumpften Haut hindurchschimmern sehen. Andere schienen wesentlich frischer zu sein, aber auf allen Köpfen, den männlichen wie den weiblichen, war das Haar noch vorhanden.

Es waren keine Masken. Mulder wußte es, noch bevor er George Kearns' Kopf vorn im zweiten Fach erkannte.

Es waren Walter Chacos Trophäen. Dic Köpfc der Opfer der Kannibalen von Dudley.

Mulder wandte sich ab. Die Hausdame war fort. Er hatte nicht gehört, daß sie gegangen war, doch es überraschte ihn nicht weiter.

Er ließ die Türen des Schranks weit offenstehen und verließ den kleinen Raum. Dann eilte er die Treppe hinauf und fragte sich, ob Walter Chaco nun wohl bereit wäre, ihn zu empfangen.

Scully befand sich ebenfalls auf der Treppe. Sie war im Obergeschoß gewesen, doch auch dort hatte sie keine Spur von Doris Kearns entdeckt.

Gerade als sie die Stufen hinunterstieg, läutete das Funktelefon in ihrer Tasche. Sie steckte ihre Waffe in das Halfter zurück und zückte ihr Handy.

„Scully“, meldete sie sich.

„Ich bin es“, vernahm sie Mulders Stimme. „Chaco ist nicht hier.“

Scully hatte den Fuß der Treppe erreicht und wandte sich dem Wohnzimmer zu, in der Absicht, das Erdgeschoß noch einmal ausführlich in Augenschein zu nehmen.

„Ja“, entgegnete sie. „Mrs. Kearns ist ebenfalls verschwunden. Ich glaube nicht, daß sie freiwillig gegangen ist. Der Strom war abgeschaltet, als ich hier eingetroffen bin . . .“

Von ihrem Standort aus konnte sie nicht sehen, daß Walter Chaco hinter der Tür im Wohnzimmer stand. Er wog eine Eisenstange in den Händen.

„. . . und ihr Auto steht immer noch in der Auffahrt“, setzte Scully ihren Bericht fort.

Während sie das Wohnzimmer betrat, konnte sie Mulder am anderen Ende seufzen hören. „Chaco muß sie sich geschnappt haben . . .“

Und dann vernahm sie nur noch ein metallisches Pfeifen, das in ein Dröhnen überging und alle ihre Gedanken auslöschte. Chaco hatte die Eisenstange niedersausen lassen und ihren Kopf gestreift. Scully brach zusammen, Telefon und Taschenlampe entglitten ihren Händen.

Schwitzend und schwer atmend stand Chaco über ihr und berachtete mit leichter Sorge das Blut, das aus einem Riß über ihrer Stirn quoll.

Er glaubte nicht, daß er sie getötet hatte. Er hoffte,

daß sie nur vorübergehend besinnungslos war. Das Enthauptungsritual war nur dann wirkungsvoll, wenn das Opfer noch am Leben war. Und bei vollem Bewußtsein.

Er bückte sich, griff nach ihren Füßen und zerrte sie ächzend zur Tür.

Am anderen Ende der Leitung hörte Mulder das Geräusch von Metall, das auf Fleisch prallte. Trotz des schlechten Empfangs und der Störungen war dieses Geräusch unverwechselbar.

„Scully!“ brüllte er. „Scully! Sind Sie noch da? Antworten Sie mir!“ Mit jedem Wort, auf das er keine Antwort erhielt, wurde seine Stimme lauter, sein Ton verzweifelter. „Scully!“

Er sah aus dem Fenster in Chacos Schlafzimmer. Weit entfernt, jenseits der Baumkuppen, erkannte er einen orangefarbenen Schimmer.

Dort draußen brannte ein Feuer. Der Richtung nach flackerte es auf einem der Felder nahe der I-10.

Mulder holte tief Luft.

Das konnte nur eines bedeuten.

13

Auf dem Beifahrersitz eines dahinrasenden Autos kam Scully wieder zu sich. Sie fühlte, daß etwas ihren Mund bedeckte, und nach einer versuchsweisen Bewegung ihrer Lippen wußte sie, daß es sich um einen breiten Streifen Klebeband handelte. Außerdem waren ihre Hände hinter dem Rücken gefesselt.

In einem mörderischen Tempo jagte Chaco den Wagen über die kurvenreiche Landstraße.

Als ihr Blick wieder klarer wurde, entdeckte Scully ihre Waffe, die zwischen den beiden Vordersitzen lag. Langsam drehte sie ihre Arme hinter dem Rücken zur Seite und versuchte, die Pistole zu erreichen. Auch wenn ihre Hände auf dem Rücken gefesselt waren, könnte sie, wenn es ihr gelang, sie zu packen, vielleicht . . .

Doch Chaco bemerkte ihre Bewegung und versetzte ihr einen Stoß. Scullys Kopf flog zurück und schlug gegen die Scheibe auf der Beifahrerseite.

Mit der rechten Hand schnappte er sich die Waffe und hielt sie fest, während er mit der anderen den Wagen steuerte.

„Lassen Sie das!“ fauchte Chaco. „Versuchen Sie keine Tricks!“

Doch Scully hörte ihn gar nicht. Durch die Windschutzscheibe konnte sie das Ziel ihrer Höllenfahrt erkennen: ein großes Feuer auf einem Feld neben der Straße. Im gespenstischen Flackern der Flammen sah sie einige Dutzend Menschen stehen. Sie wußte, was das bedeutete ... Totes Fleisch. Sie war – buchstäblich – totes Fleisch.

Nachdem Chaco den Wagen geparkt hatte, sprang er aus dem Auto, lief auf die Beifahrerseite und zerrte sie heraus.

Die Luft war kalt, und der Wind heulte. Das Feuer flackerte wild hin und her und schleuderte Funken in die dunkle Nacht.

Sie kamen an Menschen vorbei, die in kleinen Gruppen beisammen standen. Scully erkannte einige der Gesichter, die sie im Werk gesehen hatte. Sie unterhielten sich freundlich und fühlten sich offensichtlich rundum wohl, während sie eine Art Eintopf aus ihren Papptellern löffelten. Einen Eintopf mit hohem Fleischanteil.

In Scullys Magengrube setzte ein bedrohliches Grummeln ein, das ausnehmend gut zu dem Rauschen in ihren Ohren paßte. Totes Fleisch. Ihr war klar, was diese Leute da aßen ... oder besser, *wen*.

Doris Kearns.

Die Menschen nahmen sie und Chaco kaum wahr, während sie an ihnen vorbeitaumelten. Unter anderen Umständen wären sie wohl kaum zu übersehen gewesen: Scully, die mit einem silbernen Klebestreifen über dem Mund und mit gefesselten Händen über das Feld stolperte, und Chaco, der sie mit sich zerrte, während seine Augen hektisch hin und her wanderten und die Waffe in seiner Hand bedrohlich bebte. Doch vermutlich war das für diese Leute ein vertrauter Anblick.

Im Vorbeigehen hörte Scully jemanden sprechen, und die Menschen in der näheren Umgebung brachen in lautes Gelächter aus. Entsetzt erkannte sie, daß der Mann einen Witz erzählt hatte. Sie verhielten sich, als wären sie zu einem sonntäglichen Picknick versammelt und nicht, um eines der letzten Tabus der Menschheit zu brechen.

Sie stolperten weiter, bis das knisternde Feuer hoch vor ihnen aufloderte. Scully sah, daß noch viele Stadtbewohner in der Schlange standen und Pappteller in Händen hielten. Offensichtlich warteten sie darauf, ihre Ration zu erhalten. Langsam, immer einer nach dem anderen, bewegten sie sich auf den großen Fleischtopf zu. Scullys angstgeweitete Augen wurden noch größer, als sie erkannte, daß Dr. Randolph hinter dem Topf stand und die hungrige Menge mit anständigen Portionen versorgte.

Chaco blieb stehen, ohne Scully auch nur für einen Moment loszulassen. „Was habt ihr getan?“ brüllte er.

Einige Menschen blickten neugierig auf, doch die meisten aßen weiter und unterhielten sich, ohne dem wütenden alten Mann Beachtung zu schenken.

„Ich habe euch gewarnt!“ schrie er. „Ich sagte, ihr sollt sie nicht anrühren!“ Mit wildem Blick sah er sich um. Nun waren mehr Leute auf ihn aufmerksam geworden und musterten ihn mit starrer Miene. Es schien, als wären sie verärgert, weil er sie bei ihrem kleinen Picknick störte.

„Doris Kearns war eine von uns!“ schleuderte er den plötzlich ernst gewordenen Menschen entgegen. „Wer . . . wer ist dafür verantwortlich? Ich will es wissen. Sofort!“

Die Menge vor Chaco und Scully teilte sich, und Jess Harold kam auf sie zu. Der Verband an seinem

Hals leuchtete in der Dunkelheit. Harold blieb stehen und wischte sich mit einer geradezu widersinnig gezierten Handbewegung die Lippen an einer Papierserviette ab.

„Warum hast du nicht auf mich gehört?“ fragte Chaco vorwurfsvoll. Dann schüttelte er Scully grob durch und fuhr fort: „Es sind die Fremden, um die wir uns kümmern müssen, nicht unsere eigenen Leute!“

Jess Harold nahm die Serviette von den Lippen und lächelte sie mit glasigem Blick an – und Scully wurde augenblicklich klar, daß auch er an Creutzfeld-Jacob erkrankt war.

„Wir werden uns um alle kümmern“, erwiderte er selbstsicher. Mit vorgehaltener Hand unterdrücke er ein dezentes Rülpsen.

Chaco versetzte Scully einen heftigen Stoß, der sie zu Fall brachte. Sie ging in die Knie.

Scully wußte, wie einfach es wäre, sich der Dunkelheit hinzugeben, die sie zu überwältigen drohte. Ganz gleich, welcher der beiden Männer diesen Machtkampf für sich entscheiden würde, sie würde verlieren. Doch ihr Überlebenswille sagte ihr, daß sie die Auseinandersetzung zwischen Chaco und Harold im Auge behalten mußte. Sie mußte auf eine Gelegenheit warten, auf eine Chance, wie klein sie auch sein mochte. Es war ihre einzige Hoffnung, diese Nacht nicht in den Bäuchen der Bürger von Dudley zu beenden.

Chaco beachtete sie nicht. Er wandte sich von Harold ab und den Stadtbewohnern zu, die sich mittlerweile alle versammelt hatten und ihm mit trotzigen Mienen entgegenblickten.

„Seht euch nur an! Seht, was aus euch geworden

ist!“ rief er und versuchte, sie mit der Kraft seiner Stimme zu erreichen, versuchte, ihren Gehorsam durch die bloße Macht seines Willens zu erzwingen und die alten Verhältnisse wiederherzustellen. „Ihr handelt nicht mehr um eures Glaubens Willen – ihr tut es nur aus Angst. Ihr habt eine Freveltat aus unserem Ritual gemacht.“

Doch die Menschen rührten sich nicht und blickten ihm weiter unverwandt ins Gesicht. Chaco selbst war es, der ein erschrockenes Keuchen ausstieß, als ihm zum ersten Mal bewußt wurde, daß er seine Macht verloren hatte.

Jess Harold trat einen Schritt auf ihn zu. „*Sie* waren es doch. *Sie* haben uns doch das Opfer gebracht, das uns alle krank macht“, zischte er.

Doch Scully konnte sehen, daß Chaco noch nicht aufgeben wollte. Nicht kampflos. Nicht ohne einen weiteren Appell an die Leute um ihn herum. Seine Leute.

„Wenn ihr euch gegen euch selbst wendet, dann ist es vorbei“, beschwor er sie. „Wie lange wird es dann noch dauern, bevor es den nächsten von uns trifft? Den nächsten von euch?“

Langsam gewann er wieder an Einfluß. Die Menschen tauschten mißtrauische Blicke aus, ehe sie verschämt zu Boden sahen. Scully konnte erkennen, daß sie ihre Entscheidung bereuten und zum ersten Mal auch an die Konsequenzen dachten. Es war Chaco gelungen, zu ihnen durchzudringen.

Doch nicht zu allen. Jess Harold hatte er nicht erreicht. „Das ist nicht mehr Ihr Problem, alter Mann“, verkündete er mit einem selbstgefälligen Lächeln.

Scully blickte an Harold vorbei und bemerkte voller Entsetzen eine hochgewachsene Gestalt mit einer primitiven Stammesmaske und einer großen scharfen Axt.

Behende trat Harold zur Seite, und die maskierte Gestalt bewegte sich mit steifen Schritten auf sie und Chaco zu.

Der Alte richtete seine Waffe auf den Mann hinter der Maske. „Nein!“ schrie er. Was immer von seiner Kraft geblieben war, von der sklavischen Unterwürfigkeit der Menge auf dem Feld – in diesem Augenblick hatte er es verloren, endgültig verloren. Indem er sich auf die Macht einer Waffe stützte, entglitt ihm der hypnotische Zauber, den seine Stimme auf die Menschen ausgeübt hatte. Als wäre ein Bann von ihnen genommen, erwachten sie aus ihrem Schlummer.

Chaco wich einen Schritt zurück. Zwei Männer packten ihn und rissen die Hand mit der Waffe nach oben, dann trat Harold hinzu und entwand Chaco die Pistole. Ein böses Lächeln spielte um seine Lippen.

Die Widersacher standen sich nur Zentimeter voneinander entfernt gegenüber. Funken von dem nahen Feuer tanzten in der eisigen Luft zwischen ihnen.

„Wenn du mich tötest . . .“ begann Chaco mit bebender Stimme, und er mußte schlucken, ehe es ihm gelang, seinen Satz zu beenden. „. . . dann wirst du uns alle töten.“

Doch Harold verzog keine Miene und deutete wortlos mit dem Kopf auf das Feuer. Die beiden Männer, die Chaco festhielten, nickten und zerrten ihn zu den brennenden Holzscheiten.

Für einen Moment glaubte Scully, daß sie den alten

Mann bei lebendigem Leibe verbrennen wollten, doch dann sah sie, wie Chaco neben dem Feuer auf die Knie gezwungen und sein Kopf in eine Art Halterung gespannt wurde. Es war eine schmale Metallplattform auf einem kurzen Pfosten, der in das Erdreich getrieben worden war. Ein runder, stabiler Metallstreifen wurde über Chacos Hinterkopf gezogen und auf der anderen Seite befestigt, damit der Maskierte ihn mit einem Schlag sauber enthaupten konnte. Die Konstruktion war geschickt gebaut. Wenn die Klinge ihr Ziel erst einmal erreicht hatte, würde der Körper nach hinten fallen, während die Metallklammer den Kopf an derselben Stelle festhielt: unbeschädigt und bereit, präpariert zu werden.

Als sich die allgemeine Aufmerksamkeit auf die Aktivitäten neben dem Feuer richtete, begann Scully, die noch immer am Boden kniete, vorsichtig davonzukriechen. Sie wünschte verzweifelt, ihre Hände wären nicht gefesselt und sie käme schneller vorwärts. So wie die Dinge lagen, mußte sie erst einen ausreichenden Abstand zum Feuer gewinnen, ehe sie es wagen konnte, sich aufzurichten, um in die rettende Dunkelheit zu rennen.

Doch soviel Glück sollte sie nicht haben.

Zwei Stadtbewohner packten sie und zerrten sie ruckartig auf die Füße. Scully sah die Männer, die sie festhielten, mit weit aufgerissenen Augen an. Der Mann auf ihrer linken Seite war Dr. Randolph. Scully wurde von ihm und seinem Kumpanen halb zum Feuer zurückgestoßen, halb gezogen, um Chacos Exekution beizuwohnen.

Chacos Kopf war an die Plattform gefesselt, und der alte Mann hatte sich in sein Schicksal ergeben. Offenbar hatte er diesem Vorgang oft genug beigewohnt, um zu wissen, daß jeder Fluchtversuch zwecklos war.

Der Henker mit der Stammesmaske stellte sich breitbeinig neben sein Opfer. Er schwang die Axt hoch über seinen Kopf.

Scully schloß die Augen.

Deutlich vernahm sie das leise Zischen, als die Axt durch die Luft sauste. Es übertönte sogar das Rauschen des Windes und das Knistern des Feuers. Dann brach das flüsternde Geräusch ab und wurde von einem malmenden Knirschen ersetzt, als die Klinge durch Fleisch, Knochen und Nervenstränge fuhr, die in Sekundenschnelle von der scharfen Schneide durchtrennt wurden.

Einen Augenblick später hörte sie einen dumpfen Aufprall, und sie wußte, daß Chacos kopfloser Körper nun zu Boden gefallen war.

Ihr Bewußtsein vernebelte sich, und sie war geneigt, es ihm zu gestatten. Sie wußte, daß sich ihre Chance zur Flucht in Nichts aufgelöst hatte, und es schien ihr durchaus vorteilhaft, die letzten Augenblikke ihres Lebens nicht bei vollem Bewußtsein zu erleben. Sie wagte es nicht einmal, die Augen zu öffnen, während sie vorwärtsgedrängt wurde.

Das heimtückische Singen des Metalls drang an ihre Ohren, als das Eisenband wieder geöffnet wurde. Nun würden sie Chacos Kopf entfernen. Ein letztes Mal versuchte sie, sich loszureißen, doch zu viele Leute hielten sie fest, zu viele Hände drückten sie nieder und fixierten ihren Kopf auf der Metallplatte, während andere das Eisenband um ihren Kopf zogen.

Mit einem endgültigen Klicken rastete die eiserne

Fessel in die Verriegelung ein. Stille lag über dem Feld. Außer dem Wind und dem knisternden Feuer war nichts zu hören.

Scully fühlte die schweren Schritte eher, als daß sie sie hörte. Sie registrierte, wie die Klinge auf ihrem Weg nach oben an ihr vorbeisauste. Der Henker hob die Axt in die Höhe und war bereit, zuzuschlagen, bereit, ihr den Hals zu durchtrennen. Obwohl es kaum möglich schien, hatte sie den Eindruck, daß die Menschenmenge noch stiller wurde.

Auf einmal wurde Scully sonderbar ruhig. Nebel legte sich über ihr Bewußtsein und ließ sie ihrem Ende gefaßt begegnen.

Dann . . . peitschten Schüsse durch die Nacht.

Sie riß die Augen auf, während der Nachhall des zweiten Schusses noch durch die Luft rollte. Aus dem Augenwinkel konnte sie sehen, wie das schwere Beil aus den Händen des Henkers glitt und nicht weit entfernt zu Boden polterte.

Wie in Zeitlupe sackte der große Mann hinter der primitiven Maske zu Boden . . .

. . . und kurz darauf verwandelte sich die friedliche Picknick-Nacht in ein heulendes Inferno. Schreiend stoben die Bewohner von Dudley davon. Sie stürzten blind von dannen, ohne auf ihren Nachbarn zu achten.

Währenddessen verdrehte Scully die Augen so weit wie möglich nach links. Mulder kam auf sie zu, und eine dünne Rauchfahne stieg aus seiner Waffe.

Als ihr bewußt wurde, daß sie gerettet war, wollten ihr erneut die Sinne schwinden, doch mit letzter Anstrengung gelang es ihr, die Situation weiter im Auge zu behalten.

Vor ihr stürmten unzählige Beine davon. Sie hatte nicht gewußt, wieviele Menschen auf ihren Tod gewartet hatten, doch es mußten fast alle Einwohner der Stadt gewesen sein: Wie bei einer Stampede trampelten Hunderte von Beinen an ihr vorüber. Nur manchmal tat sich eine Lücke zwischen den Flüchtenden auf, und sie konnte sehen, daß Mulder näher und näher kam.

Ihre Augen suchten die Henkersaxt, die harmlos im Gras lag. Niemand blieb stehen, um sie aufzuheben und die Tat zu vollenden. Niemand schenkte ihr Beachtung. Es war vorbei.

Doch dann bemerkte sie rechts von sich einen Mann, an dessen Hals ein weißer Verband leuchtete. Es war Jess Harold – und er hatte ihre Waffe. Langsam hob er die Hand, um auf Mulder anzulegen.

Alamiert richtet Scully ihren Blick auf Mulder. Noch immer kam er auf sie zu, und seine Augen waren so sehr auf sie fixiert, daß er die Gefahr nicht erkennen konnte.

Mit dem Klebestreifen über den Lippen war es ihr unmöglich, zu schreien, also versuchte sie, ihn mit Hilfe ihrer Augen und ihres sich windenden Körpers zu warnen. Doch er schien die Nachricht nicht zu begreifen. Statt dessen beschleunigte er seine Schritte, da er dachte, sie wäre halb verrückt vor Angst. Er rannte auf sie zu, um sie so schnell wie möglich aus dem Henkersblock zu befreien. Er rannte ... und er rannte direkt in seinen Tod.

Doch noch einmal hatten sie Glück.

Während Harold mit ausgestrecktem Arm auf den

FBI-Agenten zielte, lief eine flüchtende Frau so nah an ihm vorüber, daß ihm die Waffe aus der Hand geschlagen wurde.

Harold beugte sich vor, um sie wieder aufzuheben. Als er nach der Waffe griff, donnerte ein schwerer Stiefel auf seine ausgestreckte Hand und zerquetschte seine Fingerknochen und Gelenke. Gequält schrie er auf. Gleich darauf traf ihn ein wirbelndes Knie am Kopf, und er ging zu Boden. Weitere Füße traten, stolperten und trampelten über ihn hinweg.

Mulder legte die letzten Meter im Sturmschritt zurück und befreite seine Partnerin eilends aus der metallenen Umklammerung. Scully richtete sich hastig auf. Gehetzt wanderte ihr Blick über das Feld, bis sie Harolds zermalmten Körper entdeckte. In ihrer wilden, gedankenlosen Flucht hatten ihn die Menschen zu Tode getrampelt.

Vorsichtig zog ihr Mulder den Klebestreifen vom Mund. „Sind Sie in Ordnung?" Scully nickte, und Mulder befreite ihre Handgelenke von der Fessel.

Dann standen sie allein auf dem Feld und ließen ihre Blicke über das Gelände wandern, auf dem ein uraltes Ritual in die moderne Welt eingezogen war. Sie würden dieses Gelände kartographieren und ausmessen. Sie würden es beschreiben und über das Geschehene berichten.

Doch begreifen, begreifen würden sie es nie.

Die Menge war in der Ferne verschwunden. Mulder und Scully konnten noch einige unruhige Lichtpunkte erkennen: Laternen, die weit vor ihnen wild über das Feld hüpften.

Die beiden Agenten gingen zu dem Henker hinüber, der nur ein paar Schritte entfernt am Boden lag. Zwei Schußwunden zierten seine Brust.

Mulder blickte Scully prüfend an, ehe er sich bückte, um dem Mann die Maske abzunehmen.

Die toten Augen des Henkers waren geöffnet, und seine Lippen waren noch immer zu einem jungenhaften Grinsen verzogen. Doch das orangefarbene Licht der flackernden Flammen, das sich züngelnd auf seinen Zähnen spiegelte, legte eine fremdartige Aura über seine Züge, die Ahnung einer Macht, die sie ebenfalls nie begreifen würden. Der Mann, der tot vor ihnen lag, war Sheriff Arens.

„Wo ist Chaco?" fragte Mulder, als er sich wieder aufrichtete.

Sie sahen sich um und umrundeten schließlich das Feuer, doch Chacos Leichnam war verschwunden.

14

Sonderbarerweise erschienen die Menschen der Chaco Chicken Hühnerverarbeitungsfabrik am nächsten Tag wie gewohnt zu Arbeit. Das Fließband lief an den bereitstehenden Arbeitern vorbei, Lastwagen wurden beladen und abgefertigt.

Doch einige Minuten nach Beginn der ersten Schicht traf eine Autokolonne der Staatspolizei mit heulenden Sirenen auf dem Werkhof ein.

Polizisten sprangen aus ihren Wagen und stürmten die Fabrik.

„Bleiben Sie von den Fließbändern weg“, brüllte der Staffelleiter in sein Megaphon.

Pflichtbewußt gehorchten die Arbeiter und sahen schweigend zu, wie zwei Polizisten ein leuchtendgelbes Absperrband mit der Aufschrift: ‚POLIZEISPERRE – ÜBERTRETEN VERBOTEN‘ anbrachten.

Mulder beobachtete, wie seine Partnerin mit den Staatsbeamten an den Arbeitern vorbeiging und ihnen diejenigen zeigte, die sie aus der vorangegangenen Nacht wiedererkannte. Er selbst hielt sich fern, während die Polizei ihre Arbeit tat und die Menschen festnahm.

Mit einem bitteren Gefühl der Befriedigung beobachtete Scully, wie Dr. Randolph abgeführt wurde. Sie konnte ihm ansehen, daß die Krankheit in seinem Fall schon sehr weit fortgeschritten war. Vermutlich war er an diesem Tag aus reiner Gewohnheit und nicht aufgrund einer bewußten Entscheidung zur Arbeit gekommen. Nach einem Blick in seine flakkernden Augen war sich Scully ziemlich sicher, daß er binnen einer Woche an der Creutzfeld-Jacob-Krankheit sterben würde.

Während sie die Arbeiter musterte, dachte sie kurz an die Aussichtslosigkeit ihres Tuns. In der letzten Nacht waren so viele Menschen auf dem Feld gewesen, und sie konnte nur so wenige identifizieren. Doch im Grunde war es gleichgültig. Dr. Randolphs Fall hatte ihr gezeigt, daß die Natur selbst sich derer annehmen würde, die sie nicht verhaften lassen konnte.

Die Maschinen wurden abgeschaltet. Nachdem die Polizisten die Stromzufuhr unterbrochen hatten, blieb das Band stehen, und Schweigen senkte sich über die Halle. Mulder schlenderte durch die merkwürdig stille Fabrik. Durch ein Fenster sah er einige Arbeiter hinter dem Gebäude, die die Polizisten noch nicht erreicht hatten. Sie wußten nicht, daß ihr Arbeitstag heute anders enden würde und waren an den langen Reihen aus Hühnerkäfigen und Kunststofftrögen mit Füttern beschäftigt.

„Fox Mulder?"

Mulder drehte sich um und sah einen der Staatspolizisten, der ihm eine Eilsendung überreichte.

Der Umschlag enthielt ein Telefax mit Walter Chacos Militärakte. *Das ging aber schnell*, dachte Mulder angenehm überrascht. Erst in der letzten Nacht hatte er die Anfrage per Fax an die Militärbehörde geschickt, und auch wenn es jetzt nicht mehr so wichtig zu sein schien, war er dankbar, daß er die Antwort so schnell erhalten hatte.

Er überflog den Text. Die Dokumente bestätigten, daß Chaco einige Zeit mit den Jale in Neu Guinea verbracht hatte. Offenbar war die Transportmaschine, die er während des zweiten Weltkriegs geflogen hatte, abgeschossen worden, und Chaco hatte den Absturz als einziger überlebt.

Sechs Monate war er bei dem Stamm geblieben, was sogar im trockenen Amtsstil der Akte mit Überraschung vermerkt wurde, da man den Stamm kannibalistischer Praktiken verdächtigte. Mulder nahm an, daß Chacos unvergleichliches Charisma die Sprachbarriere überwunden hatte – vermutlich war er als eine Art weißer Gott behandelt worden.

Mit einem säuerlichen Lächeln auf den Lippen blätterte Mulder weiter, bis er auf einen Eintrag stieß, der seine Aufmerksamkeit fesselte. Zumindest war er beeindruckt genug, um zu Scully hinüberzugehen, die noch lange nicht am Ende der Arbeiterschlange angekommen war.

„Entschuldigen Sie", sagte er zu dem Polizisten in Scullys Begleitung und hielt ihr das Papier unter die Nase. Sein Finger deutete auf die Zeile, die ihm aufgefallen war.

Walter Chacos Geburtsjahr. 1901.

Da Scully keinerlei Regung zeigte, brachte es Mulder auf den Punkt.

„Für einen Mann über neunzig machte er einen mächtig lebendigen Eindruck", bemerkte er leise. „Er sah keinen Tag älter als sechzig aus."

Statt einer Antwort blickte ihn Scully unverwandt

an – und auf einmal erschien sie ihm unendlich müde. Einige Sekunden verstrichen, dann wandte sie sich ab und setzte ihren Weg mit dem Polizisten fort.

Während er zusah, wie sie die Reihe der Werksmitarbeiter weiter abschritt, wanderten seine Gedanken kurz zu Chaco zurück. Scully hatte ihm erzählt, was letzte Nacht geschehen war, doch weder Kopf noch Körper waren gefunden worden. *Also wo?* fragte sich Mulder. *Wo war der Leichnam abgeblieben?*

Mit stoischer Ruhe versorgten die Arbeiter hinter der Fabrik die hungrigen Hühner, ohne auch nur zu ahnen, was im Inneren des Gebäudes vor sich ging. Tausende von Hühnern kamen jeden Tag hier durch, und es war ihre Aufgabe, sie bei Laune zu halten, bis sie von der nächsten Ladung abgelöst wurden.

Einer der Arbeiter kämpfte mit seinem schweren Plastikkübel. Er hatte sich in der letzten Zeit verdammt mies gefühlt, und auch jetzt war er schweißgebadet. Sein Overall klebte kalt und feucht auf der Haut und ließ ihn in der kühlen Morgenbrise frösteln.

Er wünschte sich, er wäre endlich mit seiner Arbeit fertig und könnte nach Hause fahren, um sich im Bett zu verkriechen. Die Vögel waren ihm egal. Es war ihm gleichgültig, was für ein Schicksal auf sie wartete.

Noch weniger interessierte ihn das Futter: eine Mischung aus Körnern, handelsüblichem Futtermehl und dem gekochten Brei aus der Abfallmühle. Wann waren diese Biester nur endlich satt? Er fuhr sich mit dem Handgelenk über die nasse Stirn.

Keuchend schleifte er den Kübel zu einem der Futterspender hinüber, der jeden Käfig in der langen Reihe mit einer sorgsam abgemessenen Nahrungsmenge versorgen würde. Als er den Kübel an den Einfüllstutzen legte, bemerkte er eine Bewegung in seinem dämmrigen Inneren. Da flatterte etwas.

Mit seiner behandschuhten Hand griff er in den Behälter und zog ein Büschel grauweißer Haare hervor.

Komisch, dachte er und öffnete die Hand, doch das Haar klebte an dem schmierigen Handschuh fest. Er bewegte die Finger sacht hin und her, bis sich das Büschel löste und von der sanften Brise davongeweht wurde. *Die Leute sollten besser aufpassen.*

Dann leerte er den Kübel in den Einfüllstutzen und sah zu, wie Futtermehl, Körner und Hühnerabfälle in dem Spender verschwanden und auf die einzelnen Käfige verteilt wurden. Die Hühner gackerten auf. Sie scharrten mit instinktiven Bewegungen.

Und begannen gierig zu fressen.

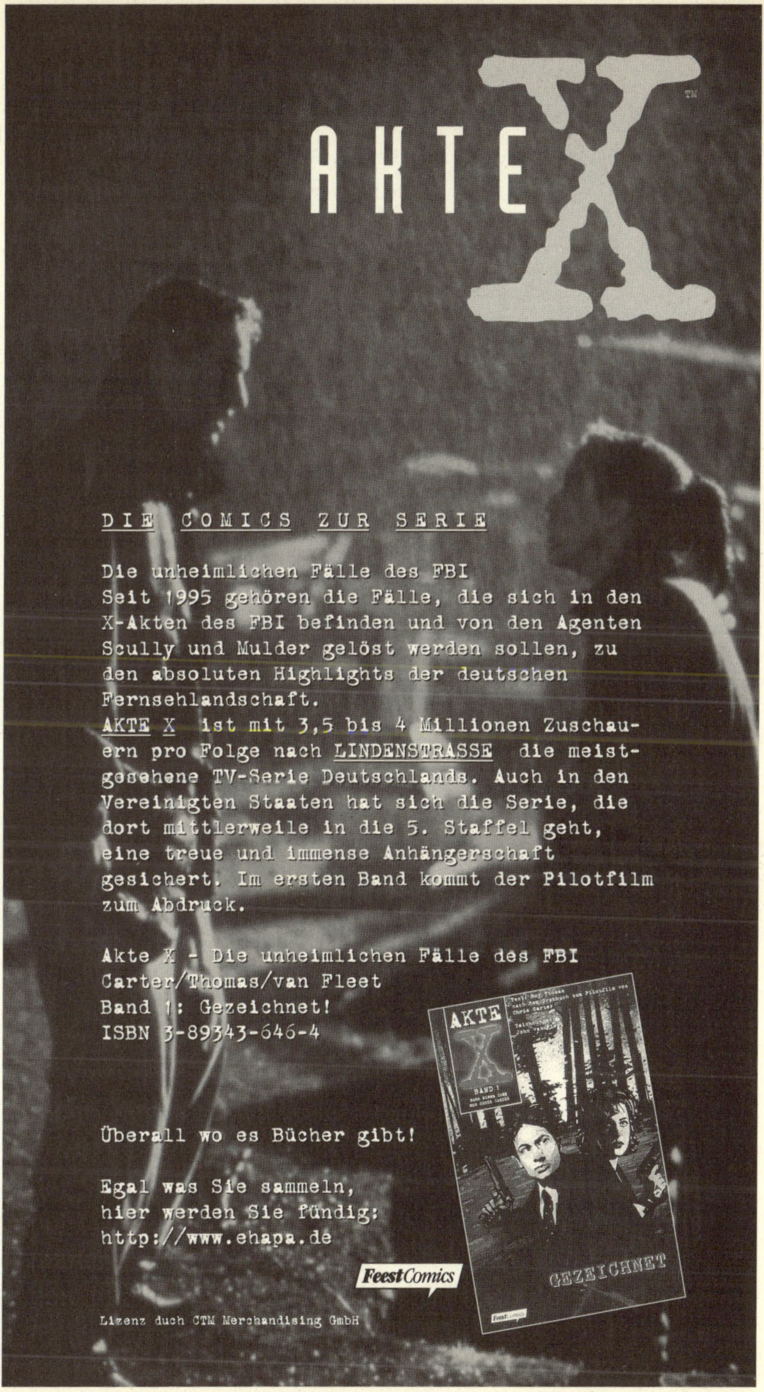
AKTE X
DIE COMICS ZUR SERIE
Die unheimlichen Fälle des FBI
Seit 1995 gehören die Fälle, die sich in den X-Akten des FBI befinden und von den Agenten Scully und Mulder gelöst werden sollen, zu den absoluten Highlights der deutschen Fernsehlandschaft.
AKTE X ist mit 3,5 bis 4 Millionen Zuschauern pro Folge nach LINDENSTRASSE die meistgesehene TV-Serie Deutschlands. Auch in den Vereinigten Staaten hat sich die Serie, die dort mittlerweile in die 5. Staffel geht, eine treue und immense Anhängerschaft gesichert. Im ersten Band kommt der Pilotfilm zum Abdruck.
Akte X - Die unheimlichen Fälle des FBI
Carter/Thomas/van Fleet
Band 1: Gezeichnet!
ISBN 3-89343-646-4
Überall wo es Bücher gibt!
Egal was Sie sammeln,
hier werden Sie fündig:
http://www.ehapa.de
Feest Comics
Lizenz duch CTM Merchandising GmbH
AKTE X
BAND 1
GEZEICHNET

ZEITSCHRIFTEN • BÜCHER • VIDEOS • MODELLE
TELE-MOVIE-SHOP
DER MEDIENVERSANDHANDEL
WIEHENWEG 14
32479 HILLE
05703/95904
FORDERN SIE GEGEN DM 3,- UNSEN KATALOG AN

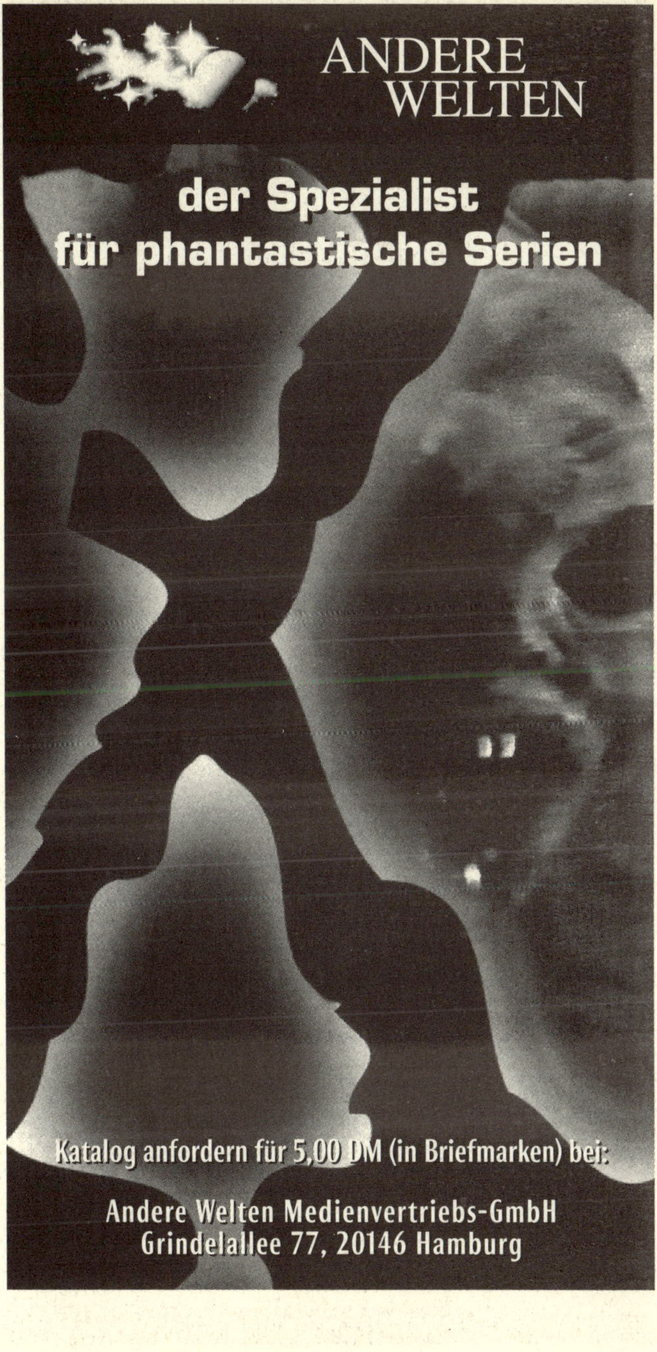
ANDERE
WELTEN
der Spezialist
für phantastische Serien
Katalog anfordern für 5,00 DM (in Briefmarken) bei:
Andere Welten Medienvertriebs-GmbH
Grindelallee 77, 20146 Hamburg

Agent
Dana Scully
Agent
Fox Mulder
THE X FILES
X
CINEMABILIA
ALLES ÜBER FILM & KINO
Wir haben alles über die unheimlichen Fälle des FBI. Bei uns gibt's Poster, Bücher, Kalender, Videofilme, Comics, T-Shirts und vieles mehr. Versandkatalog für 4 Mark in Briefmarken anfordern: Cinemabilia, Kennwort "Akte X", Postf. 106551, 28065 Bremen
Cinemabilia Versand: 28065 Bremen · Postfach 106551 · Tel. (0421) 17490-0
Cinemabilia Filmläden: 28195 Bremen · Martinistraße 57 · Tel. (0421) 17490-60
26122 Oldenburg · Staulinie 17 · Tel. (0441) 9250096 · neben VOBIS